Sein kleiner Harem

Kiara und Alina Teil 3

KIARA SINGER

Bibliografische Information der Deutschen Bibliothek:

Die Deutsche Bibliothek verzeichnet diese Publikation in der Deutschen Nationalbibliographie; detaillierte bibliographische Daten sind im Internet über http://dnb.ddb.de abrufbar.

2. Auflage

© 2016 Alle Rechte liegen beim Autor

Herstellung und Verlag: BoD - Books on Demand, Norderstedt

Printed in Germany

ISBN-13: 9783741262036

INHALTSVERZEICHNIS

LI-YING	1
EIN UNBEKANNTER	25
Strähnchen	25
Im Bett mit Alina	30
EIFERSUCHT	39
Spritztour	39
Verzichten	49
PONYGIRLS' DAY	63
Der Sklaventreiber	63
Isabel	85
ALINAS UNTERSCHICHTSMETHODEN	119
Marks Wut	119
Gerhard	120
Lesbenschnulzen	139
Im Bett mit Mark	155
DIE MÄNNER UND IHR HAREM	163
Strategisch	163
Michael und Miriam	170

KIARA SINGER

DIE PERSONEN

»*Sein kleiner Harem*« ist die zweite Fortsetzung von »*Kiara und Alina*«.

Wer die beiden ersten Bände von »*Kiara und Alina*« nicht gelesen hat, wird vermutlich manche Dialoge und Zusammenhänge nur zum Teil verstehen. Zur Erleichterung des Verständnisses sollen die wichtigsten Personen des bisherigen Geschehens deshalb hier noch einmal kurz aufgeführt werden:

Abi und John: Zwei hünenhafte Bekannte von Ellen, die sich bei einem Event mit Kiara und Alina vergnügen. Als es Kiara zu viel wird, stellt sich Alina schützend vor sie. Danach muss John in einem Krankenhaus behandelt werden.

Alina: Kiaras große Liebe. Alina war die Sklavin Ellens, jetzt ist sie wie Kiara Marks Sklavin. Alina ist lesbisch.

David: Ein Geschäftspartner Marks. Er ist mit Michelle verheiratet, die ihn dominiert.

Ellen: Ist zunächst Alinas Herrin, doch später kauft Mark ihr die Sklavin ab. Sexuell bevorzugt Ellen Männer. Seit dem Abi/John-Vorfall sind Ellen und Alina verfeindet.

Dr. Feldmann: Ein Sadist und Erzieher schwieriger Fälle. Deutet Mark gegenüber an, er suche eine Sklavin, die ihm ein Kind austrägt.

Jens: War fünf Jahre lang Kiaras fester Freund. Dann nimmt er einen Job in Sydney an und beide trennen sich.

Joachim: Bekannt und beliebt für seine erotischen Sommerfeste.

Jonas: Sohn und einziges Kind von Robert und Lorena. Mark schenkt ihm zum 18. Geburtstag einen Tag mit Kiara. Dabei lernt sie Jonas Freundin Lissy kennen, die ihr gesteht, ihre beste Freundin Ayisha verführen zu wollen.

Kiara: Die Hauptperson der Novelle. Als ihr Freund Jens und sie sich trennen, entdeckt sie ihre devote Ader und wird Sklavin und Eigentum Marks. Bei Ellen lernt sie deren Sklavin Alina kennen. Die beiden Frauen verlieben sich ineinander. Aber auch Mark gewinnt immer mehr ihre Liebe.

Klaus: Kiaras und Alinas Fitness-Trainer.

Kurt: Ein Tätowierer und Piercer.

Lissy: War Jonas Freundin. Jetzt hat sie eine Liebesbeziehung zu ihrer besten Freundin Ayisha.

Lorena: Ehesklavin Roberts, Mutter von Jonas. Mark und sie haben ein inniges Verhältnis.

Mark: Kiaras Herr und Freund. Als seine Sklavin und sein Eigentum lebt sie in seinem Haus. Er liebt sie, hat ihr einen Heiratsantrag gemacht und wünscht sich ein Kind von ihr.

Michael: Marks bester Freund. Mark und Michael sind Geschäftspartner. Wie Mark ist er dominant. Über Kiara lernt er Miriam kennen. Beide verlieben sich ineinander.

Michelle: Ehefrau Davids. Michelle ist erfahren, dominant und lesbisch. Sie lehrt Alina einige Liebestechniken.

Miriam: Seit vielen Jahren Kiaras beste Freundin. Auf Kiaras Geburtstagsfeier lernt sie Michael kennen, in den sie sich verliebt, und der sie zu seiner Sklavin erziehen möchte. Doch Miriam sträubt sich.

Paul: War Miriams Freund, bis sie Michael kennenlernte.

Robert: Ein Freund und Geschäftspartner Marks. Er ist der Ehemann Lorenas und der Vater von Jonas. Robert ist in Kiara verliebt.

Viktor: Ein Frankfurter Zuhälter.

LI-YING

»Kommt rein, ihr Lieben.« Li-Ying zeigte ihr schönstes Lächeln. »Und du bist sicherlich Miriam, ja?«

Miriam nickte ihr fast unmerklich zu. »Hat man mich schon angekündigt?«

»Ja, Miriam. Mark rief an, und bat darum, dich in unsere Runde aufzunehmen.«

Li-Ying wies sie an, ihre Schuhe auszuziehen und führte sie in ein großes, helles Zimmer, das fast vollständig mit Matratzen und Sitzkissen ausgelegt war. Von irgendwo her drang seichte Meditationsmusik an ihre Ohren, und es betörte sie ein Duft von Jasmin und Mandelholz. Auf einer kleinen seitlichen Konsole thronten chinesische Vasen voller frischer Schnittblumen. Vereinzelt brannten gelbe und orangefarbene Kerzen. Auffälligstes Möbelstück aber war ein großer, kippbarer Spiegel mit geschnitztem Holzrahmen und Perlmuttintarsien.

»Ich freue mich natürlich immer, reizende Frauen wie euch zu unterrichten, deshalb habe ich selbstverständlich zugesagt. Miriam, Chiara ist bereits eine Meisterschülerin, was weißt du über meinen Unterricht?«

Li-Ying sprach Kiaras Namen stets mit einem weichen Tchi aus.

»Ehrlich gesagt, Li-Ying, so gut wie nichts. Kiara hat mir vor einiger Zeit einmal etwas von irgendwelchen taoistischen Techniken erzählt, die sie für Mark erlernen soll, oder genauer: erlernen muss. Aber was das ist und welchen Sinn und Zweck es haben soll, habe ich bis heute nicht verstanden.«

»Ja ja, da war Chiara wohl noch eine ziemliche Anfängerin, oder sie hat als gut erzogene Sklavin nur Marks

Worte wiedergegeben. Ich benutze in meinem Unterricht auch taoistische Elemente, bei Männern sogar überwiegend, vielleicht ist das deshalb bei Mark so stark hängen geblieben, aber eure Übungen sind in erster Linie tantrisch. Doch bitte zieht euch im Nebenraum aus und springt noch einmal kurz unter die Dusche. Und wenn ihr so weit seid, dann setzt euch bitte im Fersensitz, die Knie ein Stück auseinander, vor mich hin. Dabei bildet ihr einen Halbkreis, Chiara, du in der Mitte, Alina, du rechts und Miriam, du links von mir.«

Kiara fragte sich innerlich, ob auch Mark einmal Li-Yings Schüler war, allerdings wagte sie nicht, ihre Lehrerin darauf anzusprechen, denn sie war ja seine Sklavin. Doch Miriam kam ihr ohnehin zuvor:

»Heißt das, du hast Mark auch einmal unterrichtet?«

Li-Ying lächelte. »Nein, Miriam. Wir haben uns vor einiger Zeit auf einem Fest kennengelernt, und danach hatten wir eine Zeit lang eine ziemlich heiße Affäre. Aber es ging bei uns in erster Linie um Sex, den wir beide sehr genossen haben. Mark möchte eine Frau vollständig beherrschen, was ich aus seiner Sicht auch verstehen kann, doch bin ich dann definitiv nicht die Richtige für ihn.

Ich habe ihm gegenüber einmal beiläufig erwähnt, ich würde Männer in taoistischen Liebestechniken unterrichten. Vielleicht kennst du das Buch »Das Tao der Liebe« von Jolan Chang. Also ungefähr in dem Rahmen bewegt sich mein Unterricht, wobei ich als Frau gegenüber Jolan ein wenig im Vorteil bin, denn ich kann die Männer direkt an mir üben lassen. Es bleibt dann nicht bei reiner Theorie. Seitdem ich eigene Schülerinnen habe, gebe ich den Männern manchmal auch eine von ihnen zum Lernen, am liebsten Chiara.«

Miriam schaute Kiara irritiert an, die sich jedoch nichts anmerken ließ.

»Ich lehre den Männern, sich beim Sex zurückzuhalten, damit sie mit der Zeit über gleich viel Energie wie ihre

LI-YING

Partnerinnen verfügen. Sie wären dann in der Lage, ihre Frauen mehrmals am Tag zu befriedigen. Mark hätte den Unterricht aber ohnehin nicht nötig gehabt, denn er verfügt auch so über genügend Energie. Aber als ich ihm von meiner Tätigkeit erzählte, war er wie elektrisiert und wollte wissen, ob ich auch Frauen Zurückhaltung lehren könne. Seitdem ist er mein wichtigster Kunde. Auch schicken mir einige seiner Freunde ihre Sklavinnen zwecks Unterrichtung zu. So weit wie Chiara ist aber bislang noch keine. Ich habe damals überhaupt nicht ahnen können, was ich mit meiner Anmerkung einmal auslösen würde.«

Miriam ließ nicht locker: »Und worin ist Kiara besonders weit?«

»Nun, gemäß der tantrischen Lehre ist die sexuelle Energie der stärkste Energiestrom des Menschen. Wenn sie kontrolliert wird, und das wirst du hier lernen, wird sie die Quelle einer Kraft, die du dazu verwenden kannst, anderen Freude zu spenden oder deinen Geist und deine Kreativität anzuregen. Chiara und Alina sind Marks Sklavinnen. Normalerweise erlaubt er es ihnen nur gelegentlich, zum Höhepunkt zu kommen. Aber das würde auf Dauer nicht gut gehen. Ihre Sexualität würde sich einen Weg bahnen und sich dann vielleicht in Unruhe, Aggressivität oder auch Depressionen äußern. An dieser Stelle setze ich mit meinen Techniken an. Bei mir lernt ihr, mit dieser Energie umzugehen, sie zu steuern und sie für euch und andere nutzbar zu machen. Mark kontrolliert Chiara und Alina von außen, sie sind seine Sklavinnen. Sie selbst beherrschen ihre Energie dann aber von innen heraus.«

»Also dann geht es letztendlich darum, sich möglichst lange zurückzuhalten, und dabei trotzdem nichts zu vermissen, oder?«

Miriam wirkte leicht frustriert, doch Li-Ying lächelte sie nur an.

»Kommt ihr beiden, rückt einmal ganz nahe an Chiara heran.« Ein freudiges Grinsen huschte über Alinas Gesicht.

»Chiara, wann bist du das letzte Mal gekommen?«

»Oh, das weiß ich gar nicht mehr so genau. Alina, wann hattest du mich das letzte Mal? Ist das schon zwei Wochen oder länger her?«

»Da kann man mal wieder sehen, Liebste. Es ist schon über drei Wochen her und ich zähle jeden Tag seitdem. Für dich scheinen unsere besonderen Abende eine viel geringere Bedeutung zu haben als für mich.«

Alina schaute traurig zu Boden. Li-Ying nahm ihre Hände und streichelte sie.

»Alina, wie oft habt ihr denn Sex miteinander, ohne dass Chiara einen Höhepunkt erreicht?«

»Ähm, jeden Abend.«

»Da siehst du es doch, Alina. Für dich hat Chiaras Orgasmus wahrscheinlich eine größere Bedeutung als für Chiara selbst. Sie genießt die anderen Abenden mit dir genauso.«

»Ja, Liebste, so ist es. Ich weiß, dass ich dir in unseren besonderen Nächten eine große Freude mache. Aber die anderen Abende genieße ich kein bisschen weniger.«

Li-Ying unterbrach ihre Diskussion.

»So, nun aber wieder zurück zu unserem Unterricht. Bitte nehmt einmal den euch zugewandten Arm Chiaras und hebt ihn ein wenig an. Und dann küsst ihn ganz sanft. Was stellt ihr fest?«

Alina meldete sich sofort: »Ich stelle da gar nichts fest. Ich kenne diesen Arm besser als meinen eigenen, und er ist so wie immer.« Li-Ying lächelte nur. Doch Miriam hatte etwas bemerkt:

LI-YING

»Hm, ihre Haut wirkt sehr geschmeidig, fast wie eingecremt. Kiara, wie heißt denn deine Wunderlotion?«

»Die Lotion heißt sexuelle Energie!« warf Li-Ying ein. »Schau mal, Miriam, bei den meisten Menschen konzentriert sich die sexuelle Energie im Unterleib. Wenn du deine Sexualität unterdrückst, blockierst du dich dort. Chiara hat nun aber bei mir gelernt, ihre Energie frei fließen zu lassen. Sie ist jetzt überall in ihrem Körper. Und sie ist für sie jederzeit verfügbar und abrufbar. Du kannst sie bis in ihre Haut spüren, ihre Haare, ihre Zähne.«

»Ach wollen es die Männer deshalb ständig mit dir treiben, weil du jetzt überall nach Muschi schmeckst?«

»Miriam, du wirst lachen, der Robert hat genau das behauptet. Und mich dann eine Stunde am ganzen Körper abgeschnuppert. Und auch Mark hat manchmal solche Anflüge. Unlängst ist er im Bett die ganze Zeit mit seiner Nase an mir entlang gefahren, woraufhin er meinte: ›Ach ja, meinem Sohn wirst du übrigens in den ersten zwei Jahren möglichst oft nackt begegnen und auch so die Brust reichen. Der soll sich gleich einprägen, wie eine richtige Frau riecht. Und wie bei den Naturvölkern viel gesunden Körperkontakt bekommen.‹«

»Ja aber Kiara, wie weit willst du das denn noch treiben? Wirst du am Ende gar nicht mehr kommen? Mir fällt es jetzt schon so schwer, mal für ein paar Tage keinen Orgasmus zu haben. Seit letzter Woche kann ich kaum noch schlafen.«

»Miriam, um es ganz offen zu sagen, am liebsten würde ich nur noch alle paar Wochen bei Alina einen Höhepunkt haben, weil es ihr Wunsch ist. Und ansonsten gar nicht mehr, weil es Marks Wunsch ist. Es sei denn, er befiehlt es mir. Ich möchte mich Mark ganz unterwerfen. Er allein soll bestimmen können, wann, wo und mit wem ich meine Orgasmen habe. Es wäre mir wirklich eine sehr große Ehre, wenn ich ihm als seiner Sklavin diesen Wunsch erfüllen könnte.«

Li-Ying lächelte sie an. »Ich bin mir ganz sicher, Mark würde dich dann auf Händen tragen. Weißt du, ich kenne viele Paare mit dominanten Männern und devoten Frauen. Oft geht es für sie darum, ihm bedingungslos zu gehorchen oder etwas für ihn zu tun, was ihr eigentlich sehr schwerfällt. Dadurch beweist sie ihm ihre Liebe. Aber was du vorhast, ist wirklich eine sehr große Geste, die Mark sehr stolz machen dürfte. Und warum sollte er dir dann noch ständig weitere Prüfungen auferlegen, wenn du von dir aus ihm schon so weit entgegen kommst?«

Li-Ying rutsche auf den Knien zu Miriam hinüber und umfasste ihre Hände. »Hm, du sagst, du könntest schlecht schlafen. Lass mich dich einmal spüren.«

Li-Ying tastete Miriam am ganzen Körper ab, die dabei unwillkürlich ein wenig zurückwich.

»Ach ja, das konntest du noch nicht wissen. Ich bin eure Lehrerin. In China ist ein Lehrer eine Autorität, die von ihren Schülern nicht hinterfragt wird. So möchte ich es auch hier halten. Während des Unterrichts steht ihr mir mit allem, was ihr habt, zur Verfügung. Wenn ich dir etwas auferlege, wirst du es tun. Und wenn ich dich anfasse, wirst du es geschehen lassen. Ist das so weit okay?«

»Ja, natürlich. Sorry, Li-Ying, dass ich so erschrocken reagiert habe, aber ich bin momentan wirklich sehr nervös.«

Li-Ying legte zwei Finger auf Miriams Spalte, mit der anderen Hand berührte sie sanft ihre rechte Knospe. Miriam wurde sehr schnell sehr feucht und kurze Zeit später näherte sie sich bereits ihrem Höhepunkt. Stoßartig hoben und senkten sich ihre Brüste.

»Miriam, du bist sehr angespannt. Ich befürchte, so wird es dir zu schwerfallen, heute am Unterricht teilzunehmen. Du bist zurzeit mit Michael zusammen, stimmt das?«

»Ja.«

»Es war die richtige Entscheidung, dich hierher zu schicken. Der Sexualtrieb ist nämlich sehr mächtig. Bei ihm man sehr viel falsch machen. Mark ist ein ganz typischer Unternehmer. Seine Devise lautet: Was soll ich mich um solche Details kümmern, wenn es dafür Fachleute gibt. Recht hat er! Durch deinen Orgasmusverzicht bist du jetzt innerlich völlig verkrampft. Eigentlich müsste ich dich erst einmal richtig massieren, um deine Energieströme zu mobilisieren und umzulenken. Aber dafür ist heute keine Zeit. Es gibt für unsere Rituale eine goldene Regel: eine Stunde vorher und nachher keinen Sex. Dies schließt die Selbstbefriedigung mit ein. Deshalb kann ich es dir auch nicht erlauben, dich nun erst einmal selbst zu entspannen. Aber ich werde nachher noch mit Michael sprechen: Entweder du kommst beim nächsten Mal eine Stunde früher, und ich gebe dir zunächst eine tantrische Massage, die deine Energieblockaden löst, oder du befriedigst dich vorher zu Hause ein paar Mal selbst. Aber das hat Michael zu entscheiden.«

»Ach, darf ich selbst nicht mitbestimmen?«

»Nein Miriam, du bist als seine Sklavin und auf seinen Wunsch hier, und damit entscheidet er, wie mit dir zu verfahren ist. Aber natürlich wird er meine Vorschläge nicht ignorieren. Und ich werde ihm die Massage empfehlen.«

Miriam seufzte leise vor sich hin. Es war ihr anzusehen, dass sie die andere Alternative vorgezogen hätte. Derweil huschte ein ironisches Grinsen über Alinas Lippen. Alles in ihr schien zu sagen: »Was habe ich dir gesagt, Miriam? Du bist eine Sklavin, so wie Mark das schon die ganze Zeit behauptet!«

Li-Ying wandte sich wieder Kiara zu: »Ach Chiara, ich habe heute Morgen kurz mit Mark telefoniert. Er möchte, dass du nach dem Ritual noch etwas hier bleibst. Die beiden anderen können dann schon nach Hause gehen. Ist das okay?«

»Natürlich ist das okay, wenn es mit Mark abgesprochen ist.« Kiara hob ihren Zeigefinger: »Und ihr beide geht dann aber auch wirklich schön brav nach Hause, und zwar jede für sich, nicht wahr, Alina?«

»Ach darf Miriam nicht noch zu mir kommen?«

»Alina, ich habe eigentlich nichts dagegen. Aber ich kenne dich, und deshalb weiß ich genau, wie die Sache ausgehen wird. Miriam wird später ganz relaxt nach Hause gehen und es Michael beichten, der wird es Mark erzählen, und der wird wissen, an wen er sich zu wenden hat, nämlich an mich. Miriam ist wieder entspannt, du hattest deinen Spaß und ich bekomme die Peitsche.«

»Okay hast recht, Liebste. Ich bin, wie ich bin. Wir fahren dann beide alleine nach Hause.«

»Fein«, unterbrach sie Li-Ying, »dann lasst uns mal mit dem Unterricht beginnen. Alina und Chiara, euch beiden ist das, was ich nun erkläre, längst geläufig. Trotzdem bitte ich euch, zuzuhören. Ihr erweist damit Miriam euren Respekt, da sie heute das erste Mal unter uns weilt und dies alles noch nicht kennt.

Wir unterscheiden gemäß der tantrischen Lehre die Rituale der Wahrnehmung, der Kontrolle und der Kanalisierung. Mittels der Wahrnehmung lernt man, die sexuelle Energie zu erzeugen und auf einem hohen Level zu halten. Die Kontrolle hilft, den Orgasmus zu kontrollieren und Lust von unerreichter Intensität zu erzeugen. Mit der Kanalisierung lernt ihr dann, die sexuelle Energie so zu lenken, dass sie für andere geistige oder körperliche Aktivitäten nutzbar ist. Miriam, du bist zurzeit auch deshalb so angespannt, weil du diesen letzten Punkt überhaupt nicht beherrschst. Mit uns zusammen wird dir das aber mit der Zeit gelingen.

Die Rituale sind grundsätzlich mit einem spezifischen Mantra und Yantra verbunden. Ein Mantra ist ein Klang, den wir leise aussprechen oder nur in Gedanken ertönen lassen. Das Mantra der Wahrnehmung lautet Ommm Ahdi Ommmm, das der Kontrolle Pahhh Dahhh O-Mahmmm und dass der Kanalisierung Ahh Nahh Yahh Taunnn.

Miriam, du musst dir das jetzt noch nicht im Detail merken, wir werden das über Wochen gemeinsam einüben, und daneben wirst du natürlich die Aufgabe haben, die Rituale täglich alleine auszuführen.

Ein Yantra ist ein geistiges Bild, zum Beispiel euer eigenes Spiegelbild. Die Methode ist bei den Ritualen der Wahrnehmung – ganz vereinfacht ausgedrückt – etwa die: Ihr stimuliert euch selbst und stellt euch dabei vor, wie ihr berührt werdet. Dabei sprecht ihr das entsprechende Mantra. Anschließend wiederholt ihr den Vorgang rein in eurer Vorstellung. Mit der Zeit wird es euch gelingen, ausschließlich mittels eurer Einbildungskraft eine sexuelle Erregung zu erzeugen. Manche Tantriker sind schließlich in der Lage, sich allein durch die Vorstellung der Yantras und dem lautlosen Sprechen der Mantras bis unmittelbar vor den Orgasmus zu bringen, ihn zu kontrollieren und in diesem Zustand über einen längeren Zeitraum zu verweilen, und zwar alles ohne jegliche körperliche Stimulierung. Mithilfe der Kanalisierung steht ihnen anschließend eine Unmenge an Energie für ihre körperlichen oder geistigen Aktivitäten zur Verfügung.«

»Sag mal Liebste«, wandte sich Alina Kiara zu, »wendest du das eigentlich an, wenn ich dich abends länger vor dem Punkt verweilen lasse?«

»Klar Alina, anders wäre das doch für mich gar nicht zu schaffen. Du hältst mich doch oft für etliche Minuten in der Schwebe, und das geht bei mir nur mit den Ritualen der Kontrolle und Kanalisierung, wobei ich in deinem Fall ja wirklich stimuliert werde, es klappt aber trotzdem sehr gut.«

»Genau«, fuhr Li-Ying fort. Tantra soll schließlich auch bei der körperlichen Vereinigung funktionieren. Dann ist manchmal weniger Wahrnehmung und dafür umso mehr Kontrolle erforderlich. Miriam, wir beginnen heute nur mit der allerersten Übung der Erweckung. Setz dich bitte dort vor den großen Spiegel und neige ihn für dich so, dass du dich vollständig sehen kannst, auch deine Scham. Und ihr beide bleibt auf euren jetzigen Positionen.«

Nach einer Weile fuhr sie fort:

»So Miriam, konzentriere dich bitte auf dein Spiegelbild. Berühre deine Lippen ganz sanft mit beiden Zeigefingern, spüre ihr Beben und die Empfindungen, die die Berührungen bei dir hervorrufen.«

Li-Ying wartete etwas.

»Und nun berühre mit der linken Hand deine rechte Brust, streichele und stimuliere ein wenig deine Brustwarze, bis sie sich versteift. Wenn es dir gefällt, kannst du Brust und Brustwarze auch leicht kneten. Dann sprich zweimal leise das Wahrnehmungsmantra Ommm Ahdi Ommmm. Und anschließend wiederholst du alles mit der linken Brust, wobei du natürlich dieses Mal deine rechte Hand nimmst. Wenn du auch damit fertig bist, verschränke die Hände und lass sie etwas unterhalb deines Bauchnabels ruhen. Dabei sprichst du wieder zweimal das Wahrnehmungsmantra.«

Li-Ying schaute Miriam aufmerksam bei der Ausführung des Rituals zu. Ein- oder zweimal nahm sie ganz leichte Korrekturen vor.

»So, und nun löse deine Hände und lass deine Finger und Handflächen über deinen Bauch hinunter zu deinem Venushügel gleiten und dann weiter zu deiner Vagina, wo du etwas Druck ausübst, so wie es für dich angenehm ist, um dir selbst Lust zu bereiten. Während du also mit deinen Händen sanft deine Schamlippen drückst oder teilst, sprichst du zweimal das Wahrnehmungsmantra. Schließlich lässt du beide Hände an deinen Körperseiten zur Ruhe kommen. Und damit ist die erste Phase des Rituals beendet.

In der zweiten Phase wiederholst du alles noch einmal, diesmal aber mit geschlossenen Augen. Dabei stellst du dir als Yantra dein eigenes Spiegelbild vor. Wenn dir die bildliche Vorstellung zwischendurch schwerfällt, öffnest du die Augen ein wenig, um noch einmal einen Blick auf deinen Körper zu werfen.

Die dritte Phase ist schließlich wie die zweite, nur dass du dir vorstellst, nicht du würdest dich streicheln, sondern jemand anderes.

Bitte übe all das zu Hause täglich eine halbe Stunde lang. Wenn du nicht mehr weiter weißt: Eine sehr gute Beschreibung findest du in dem Buch ›Tantra der Liebe‹, welches in vielen Aspekten meiner Vorgehensweise ähnelt. Allerdings ist es schon etwas älter und möglicherweise auch recht schwer zu bekommen. Aber vielleicht findest du es ja noch bei Ebay oder Amazon.

Wenn ich schon mal dabei bin: Es kann grundsätzlich nicht schaden, möglichst viel zum Thema zu lesen.«

»Wieso? Was kann mir die Lektüre bringen?«

»Miriam, wenn die Sexualität ein ganz wesentlicher Bestandteil deines Lebens ist, dann solltest du möglichst viel darüber wissen und in Erfahrung bringen. Das würdest du doch bei allen anderen wichtigen Dingen nicht anders halten, oder?«

»Speziell, wenn du erst einmal im Sex-Business bist wie wir, Miriam«, wandte Alina ein, womit sie sich das Lächeln Kiaras und den mahnenden Blick Li-Yings einhandelte.

»So, ihr Lieben, und nun lasst uns das alles noch einmal mit einem Partner wiederholen, und zwar Miriam, du mit Alina, und Chiara, du mit mir. Miriam, du beginnst, und

Alina ist deine Partnerin, und wenn ihr mit den Übungen durch seid, dann wechselt bitte die Seiten.«

Etwa eine halbe Stunde später ging der Unterricht zu Ende und Alina und Miriam brachen gemeinsam auf. Kiara erhob noch einmal ihren mahnenden Zeigefinger in Richtung Alina, doch sie lächelte nur: »Liebste, kein Problem. Ich werde ganz artig sein, so wie ich es dir versprochen habe.«

Kiara und Li-Ying waren nun allein.

»Chiara, normalerweise sollte man eine Stunde vor und nach der Sitzung keinen Sex haben. Aber du bist in deiner Entwicklung schon sehr weit und verträgst kleinere Ausnahmen. Schon seit einiger Zeit wünsche ich mir, mit dir zärtlich zu sein. Aber wir können das ja auch als eine Erweiterung der heutigen Übungen gestalten. Oder magst du nicht mit mir schmusen?«

»Doch Li-Ying, du bist eine wunderschöne und faszinierende Frau. Ich habe mir so etwas auch schon häufiger vorgestellt, dich aber natürlich nicht zu fragen getraut, denn ich bin eine Sklavin und du meine Lehrerin. Aber sag mal, wenn ich deinen Liebkosungen doch nicht widerstehen kann, wirst du das sicherlich heute Mark berichten, ja?«

»Chiara, das muss ich. Und du ja sicherlich auch, oder? Aber keine Sorge, ich werde darauf achten, dich nicht schon heute zu überfordern.«

Li-Ying entpuppte sich als äußerst zärtliche Liebhaberin, und so verblieben die beiden Frauen fast zwei Stunden lang zusammen. Mehrere Male prüfte sie dabei, ob Kiara bereits in der Lage war, einem Angriff einer kenntnisreichen weiblichen Zunge oder entsprechend erfahrenen Lippen auf ihre Klitoris zu widerstehen. Sie tat es, weswegen Li-Ying sehr mit ihr zufrieden war.

LI-YING

Kiara drehte sich wohlig auf den Bauch. Die Zärtlichkeiten mit Li-Ying hatten ihr gut getan. Eine freudige Erregung durchströmte ihren Körper und sie fühlte sich fast wie neu geboren. Sie ließ ihre Gedanken und Gefühle baumeln. Wie aus der Ferne vernahm sie, wie eine sanfte Hand ihre beiden Beine ein wenig auseinander drückte, um mit Zeige- und Mittelfinger in ihre Vulva einzudringen. Der gestreckte Daumen kam in ihrer Pofalte zum Liegen. Gleichzeitig schob sich eine zweite Hand unter ihren leicht angehobenen Oberkörper, die ihre rechte Brust umfasste und sanft zu kneten begann. Li-Yings Lippen berührten zärtlich ihren Rücken.

»Chiara, weißt du, dass ich auch einmal Marks Sklavin war?«

Kiara erwachte augenblicklich aus ihren wunderschönen Träumen.

»Ehrlich? Das hätte ich jetzt nicht gedacht. Li-Ying, wie du dir sicherlich vorstellen kannst, interessiert mich das sehr. Erlaubst du mir, dich dazu etwas zu fragen? Warum ist eure Beziehung auseinandergegangen?«

»Chiara, natürlich darfst du mich fragen. Aber ich erzähle dir am besten zunächst einmal, wie alles mit uns begonnen hat.

Mark hat schon wenige Tage nach unserem ersten Kennenlernen versucht, mich zu seiner Sklavin zu erziehen. Weil ich damals so schrecklich in ihn verliebt war, habe ich mich zunächst auch auf sein Spiel eingelassen. Außerdem hat mich der Gedanke gereizt, einem Mann ganz mit Haut und Haaren zu gehören. Ich wollte diese Erfahrung einfach einmal machen. Aber dann bin ich leider nicht mit Marks Art zurechtgekommen. Ich habe mehrfach versucht, einen neuen Anlauf zu nehmen und immer wieder mit mir gerungen, aber Chiara, ich kann das so nicht.«

»Und womit bist du bei Mark nicht zurechtgekommen?«

»Chiara, Mark ist ein sehr bestimmender und dominanter Mann, der es gewohnt ist, andere Menschen zu führen. Das stört mich nicht im Geringsten, im Gegenteil, ich finde es macht einen Teil seiner Attraktivität aus. Aber er ist eben leider häufig auch sehr unbeherrscht, und das ist etwas, mit dem ich überhaupt nicht klarkomme. Ich habe kein Problem damit, mich einem dominanten Mann ganz auszuliefern, und all das zu tun, was er von mir verlangt. Aber bei Mark ist es so, dass er sehr schnell ungeduldig und dann auch meist sehr aufbrausend wird, wenn etwas nicht ganz in seinem Sinne verläuft, und das vertrage ich leider ganz und gar nicht. Vielleicht hat das auch etwas mit unseren unterschiedlichen Kulturen zu tun. Wir Asiaten versuchen selbst in kritischen Situationen, gelassen zu bleiben. Es wird uns von Kind auf beigebracht, so zu sein.«

»Li-Ying, kannst du mir mal ein Beispiel nennen? Wie hat sich das zugetragen?«

»Ach, wenn einmal etwas nicht in seinem Sinne verlief, ich zum Beispiel einfach nur zu spät zu einem Termin kam, dann hat er mich gleich angeschrien und regelrecht abgekanzelt. Am Schlimmsten war es eigentlich im Auto, weil es auf dem engen Raum für mich überhaupt keine Ausweichmöglichkeiten gab. Manchmal hat er aus Wut oder vielleicht auch nur aus reiner Streitlust heraus mitten auf der Straße eine Vollbremsung durchgeführt. Ich bangte dabei um mein Leben. Chiara, ich habe es mir weiß Gott nicht leicht gemacht und mit meiner Entscheidung auch sehr lange gerungen, zumal ich wirklich in ihn verliebt war. Aber so etwas kann ich auf Dauer weder akzeptieren noch aushalten. Beim besten Willen nicht.«

Li-Ying hatte bei ihrer Schilderung ihre Hände ruhen lassen. Nun nahmen sie ihre Bewegungen wieder auf.

Kiara lächelte sie an. »Li-Ying, im Prinzip ist er noch immer so. In den ersten drei Monaten unseres Zusammenseins musste ich die Bremsnummer auch ein paar

LI-YING

Mal über mich ergehen lassen. Allerdings liegt der letzte Fall nun doch schon einige Monate zurück. Ja ich glaube, dies war auf der Hinfahrt zu David und Michelle. Seitdem ist irgendwie alles gut gegangen.«

Kiara grinste vor sich hin, denn sie wusste, dass Mark in der Hinsicht unberechenbar war. Morgen konnte es schon wieder ganz anders sein.

»Chiara, ich habe mich genau darüber unlängst mit Michael unterhalten. Danach muss Mark auch häufig seinen Mitarbeitern gegenüber sehr grob sein. Michael meinte, es sei generell nicht einfach, mit oder unter ihm zu arbeiten. Er selbst sei mit Mark stets prima klargekommen, obwohl auch er manchmal sein Fett abbekommen habe, was ihm aber nicht so viel ausgemacht hätte, da er Mark schon lange kennt und sein Verhalten sehr gut einschätzen kann. Aber Michael sagte dann auch, all dies sei in letzter Zeit sehr viel besser geworden. Einige leitende Mitarbeiter hätten sogar schon gefragt, was mit ihm los sei, Mark würde häufig ganz unerwartet recht zurückhaltend reagieren, selbst wenn einmal etwas Ernstes daneben gegangen sei. Michael meinte, er hätte nur gegrinst und ihnen geantwortet, er kenne den Grund, würde ihn aber nicht nennen. Chiara, ich glaube wir alle kennen den Grund. Wie machst du das?«

»Li-Ying, möglicherweise liegt es daran, dass Mark mich wirklich liebt. Vielleicht spielt aber auch unser spezielles Verhältnis eine entscheidende Rolle. Mark hat mir einmal erzählt, er sei kein Sadist, er wolle nicht quälen, und er habe auch keinerlei Freude daran, aber er sei konsequent. Nun, das bin ich irgendwie auch. Ich habe zugestimmt, seine Sklavin zu sein, und dazu stehe ich, und zwar ohne Einschränkungen. Wenn Mark morgen von mir verlangte, mich mitten auf der Zeil vor allen Menschen auszuziehen und dann nackt neben ihm herzugehen, ich würde keine Sekunde zögern. Ich gehe einfach davon aus, dass er weiß, was er tut. Er trägt für mich die Verantwortung, und zwar mit aller Konsequenz, und genau das lasse ich ihn auch mit der gleichen Konsequenz spüren. Bislang haben wir noch nicht einmal ein Saveword vereinbart, und ich glaube auch nicht, dass dies bei unserem Verhältnis jemals notwendig sein wird. Ja und seine Launen im Auto nehme ich zwar wahr, aber wirklich stören tun sie mich nicht. Ich bin seine Sklavin, und deshalb darf er das. Ich habe mit Leib und Seele akzeptiert, sein Eigentum zu sein. Ich kann auch nicht sagen, dass ich bei seinen Bremsnummern großartig Angst verspüre, denn ich bin mir sicher, er hat die Situation vollständig im Griff. Auf diese Weise kann ich mich komplett bei ihm fallen lassen. Und bei den wechselnden Sexualpartnern ist das letztendlich ganz ähnlich: Wenn er mich jemandem gibt, dann ist das seine Entscheidung, die ich natürlich akzeptiere. Ich habe mich ihm voll und ganz ergeben, und ich denke, das hinterlässt seine Wirkung bei ihm.«

»Aber Chiara, du möchtest doch nicht etwa die Justine von Marquis de Sade widerlegen?«

»Wieso?«

»Nun, die Justine wählt den Weg der Tugendhaftigkeit. In der Folge wird sie permanent gequält, erniedrigt und vergewaltigt. Es gelingt ihr nämlich eben gerade nicht, ihre Peiniger milde zu stimmen. Ihre Schwester Juliette wählt hingegen das lasterhafte Leben einer Prostituierten und wird dafür im Leben belohnt.«

»Bin ich denn in deinen Augen so tugendhaft? Ich dachte eher, ich wäre in Marks Kreis so etwas wie eine Hure, oder?«

»Ja, aber eine ganz tugendhafte.«

»Nein, eine die bei der Unterwerfung auch noch Lust empfindet. Ich bin keineswegs das unschuldige Aschenputtel, welches täglich gegen ihren Willen von perversen und brutalen Lüstlingen zu schlimmsten Sexualpraktiken gezwungen wird. Dann schon eher so eine Juliette.

LI-YING

Außerdem ist Mark gar kein richtiger Peiniger. Li-Ying, das Schöne an Mark ist ja unter anderem auch, dass er mich in wichtigen Angelegenheiten sehr ernst nimmt. Wenn ich einen Wunsch verspüre oder unter etwas leide, dann kann ich ihn jederzeit darauf ansprechen, das hat die Vergangenheit ganz klar gezeigt. Und er hat mich dann noch nie allein gelassen, sondern ist wirklich sehr fair, um nicht zu sagen, zuvorkommend auf mich eingegangen, vielleicht noch viel stärker als das die meisten anderen Männer bei ihren Frauen tun würden. Solche Situationen geben mir das Gefühl, mich restlos auf ihn verlassen zu können, und ich möchte, dass das umgekehrt für ihn mir gegenüber genauso gilt. Das ist mein ganzes Bestreben.

Ich spare mir meine Kräfte lieber für die sonstigen kleinen Rangeleien mit ihm auf.«

»Wie meinst du denn das?«

»Wir führen manchmal kleine Wortgefechte. Er ist ein intelligenter Mann, und es lässt sich wunderschön mit ihm streiten, speziell, wenn man seine Sklavin ist. Ach weißt du, Li-Ying, mein Leben als Sklavin hat sich mit der Zeit sehr verändert. Mark hat nie Wert auf eine ihm ergebene Sprache gelegt. Ich musste ihn nie mit ›Herr‹, ›Sie‹ oder so ähnlich anreden, er war für mich immer nur Mark. Aber anfangs durfte ich ohne Erlaubnis kaum sprechen. Er hat mir praktisch meine Redefreiheit beschnitten, zumal seiner Meinung nach Weiber ohnehin zu viel quatschen und meist dann auch noch Blödsinn, jedenfalls viel unüberlegtes Zeug, oder ›Weiberkram‹, wie er sich ausdrückt. Das hat sich mittlerweile völlig geändert. Jetzt lässt er mich sogar ausgesprochen gerne zu Wort kommen. Er scheint unsere Gespräche regelrecht zu lieben. Außerdem geben sie ihm die Gelegenheit, seine Dominanz auf andere Weise zum Ausdruck zu bringen. Hier mal ein kleiner Satz, was er vielleicht mit mir anstellen könnte, dort mal eine kleine Drohung, aber niemals wirklich bösartig, sondern irgendwie immer sehr humorvoll. Meist endet das Ganze zwar dann doch wieder so, dass ich böses Weib für irgendetwas büßen muss, aber das ist mir egal, ach was heißt egal, ich liebe es! Zumal er mich mittlerweile auch nicht mehr ganz so schweren Prüfungen unterzieht. Vielleicht war er zunächst selbst ein wenig verunsichert, hat geglaubt, er müsste mich disziplinieren. Er hat mich zu Ellen und zu einem anderen Sadisten geschickt. Wirklich gezüchtigt werde ich jetzt nur noch von ihm. Dann hat er ja auch viel mehr davon, und ich ebenfalls, denn es ist so wunderschön, danach in seinen Armen zu liegen und seine Liebkosungen zu empfangen.

Anfangs war Mark ein Mann, dem ich mich unterworfen habe. Ich glaube, da waren schon bald auf seiner Seite viel mehr Gefühle im Spiel als auf meiner. Er hat mir mit seiner Souveränität sehr imponiert, aber für mich war es nicht wirklich Liebe. Li-Ying, das hat sich in letzter Zeit ganz stark geändert. Er hat mich mit seinem Humor herumgekriegt, nicht mit seiner Stärke und Dominanz, und ich ihn wohl mit meiner Hingabe. Er liebt mich, und ich liebe ihn.«

»Chiara, ich freue mich so sehr für euch beide, aber speziell auch für Mark, denn offenbar hat er mit dir genau das gefunden, was er braucht, ich war es jedenfalls nicht. Du scheinst ihn mit deiner Hingabe aufgeweicht zu haben. Manchmal ändern sich diese harten Männer, wenn sie sich um ein Kind kümmern müssen, und dieses sie mit einer entwaffnenden Liebe konfrontiert, so wie Heidi. Ist vielleicht ein blödes und ziemlich unpassendes Beispiel, mir fällt aber momentan nichts Besseres ein. Wenn ihr ein Kind habt, werdet ihr bestimmt sehr glücklich miteinander sein.«

»Li-Ying, darf ich dich mal etwas ganz anderes fragen? Es gibt da eine Sache, die ich nämlich überhaupt nicht verstehe.«

»Wenn mir eine Antwort möglich ist. Bitte frag!«

»Li-Ying, woher kennt Mark eigentlich die ganzen Männer und Frauen, denen ich mich ständig hinzugeben habe? Also da sind doch jede Menge Geschäftsfreunde von ihm dabei. Wie kann ich mir das vorstellen? Sagt der bei einer schwierigen Verhandlung: ›Und als kleines Bonbon kann ich Ihnen noch meine Frau anbieten. So wie die fickt keine!‹?«

Li-Ying kicherte und lächelte Kiara fast mütterlich an. »Chiara, du bist wirklich sehr süß. Aus deiner Sicht ist das eine ganz berechtigte Frage. Aber ich kann dich beruhigen: Es ist genau umgekehrt. Mark hat schon immer in diesen Swinger-Kreisen verkehrt. Und da hat er dann eine ganze Reihe Männer kennengelernt, die seinen Ansprüchen und Interessen entsprachen und ihm sympathisch waren. Und die haben dann begonnen, miteinander Geschäfte zu machen. Meist fließt da noch nicht einmal Geld. Da hat einer für Mark irgendein Gutachten erstellt, und dafür bekommt er von ihm für ein paar Tage die Freundin. Wenn du so willst, sind wir Frauen die Währung in dem Spiel. Deshalb ist es für die auch so wichtig, eine gute Sklavin zu haben, was ja alles andere als selbstverständlich ist, schließlich findet man nicht hinter jedem Apfelbaum eine. Mark hat jetzt sogar zwei. Das wertet ihn in seinem Kreis ungemein auf. Eigentlich eine ganz erschreckende Vorstellung, wenn man einmal länger darüber nachdenkt, was meinst du?«

»Li-Ying, die meisten Frauen bräuchten keine Sekunde dafür, um das erschreckend zu finden. Frauen wie eine Ware zu behandeln, ja gar wie eine Währung bei irgendwelchen Geschäften und Transaktionen zu verwenden, das übertrifft doch fast die schlimmsten Vorstellungen über die böse Männerwelt. Mich haben deine Worte trotzdem feucht werden lassen. Aber ich bin auch kein Maßstab.

Li-Ying, und du hast dich darauf eingelassen, obwohl dir das alles bekannt war?«

»Chiara, ein paar Mal habe ich das für den Mark tatsächlich auch getan. Anfangs habe ich mich sehr dagegen gesträubt, ich wollte das nicht. Aber dann ist mir klar geworden, dass dies für Mark einfach dazugehört. Wenn ich mich ihm in der Hinsicht verweigert hätte, hätte er gleich mit mir Schluss gemacht. Das ist Teil seines Lebens. Eine Frau, die sich mit ihm einlässt, hat so zu sein, und zwar ohne Wenn und Aber.

Ja und dann ist da noch seinen Freund Michael, und der ist genauso. Oder der hat sich das von ihm nur abgeschaut, jedenfalls kommt es im Ergebnis gleich. Auch Michael akzeptiert als Freundinnen nur Frauen, die sich verleihen lassen. So, und damit hast du schon zwei. Und alle anderen, die er auf diese Weise kennenlernt, haben vermutlich auch ein paar Freunde, die so ähnlich denken und leben und ihre Frauen tauschen. Und schon gehören die auch dazu. Und nach einiger Zeit hast du dann einen Kreis aus lauter Ärzten, Juristen, Journalisten, Unternehmensberatern, Top-Managern, Wissenschaftlern, Brokern usw. Die treffen sich zum Networking nicht auf dem Golfplatz, sondern haben ein viel eleganteres Spiel: Frauen-Tausch. Da hilft einer dem anderen, und bezahlt wird mit der eigenen Freundin oder gar Ehefrau.

Natürlich kann es dir passieren, dass Mark dich einem ausländischen Kunden anbietet. Das lässt er dann ganz diskret sondieren, und wenn der Kunde Interesse zeigt, darfst du ihn abends im Hotel besuchen. Ist mir auch schon passiert. Das sind aber seltene Ausnahmen. Und keine Bange: Du wirst dabei nicht an den Harem eines Scheichs verkauft, Alina genauso wenig.

In der Regel handelt es sich aber sowieso nur um Männer, die in irgendeiner Weise zum Kreis gehören. Auf dem Sommerfest von Joachim kannst du dann die ganze Meute kennenlernen. Dich werden sie bestimmt umschwärmen. Bei mir war das damals ganz ähnlich. Mit einer exotischen Schönheit wollen halt die meisten Männer mal.«

»Li-Ying, eins verstehe ich trotzdem nicht. Einerseits scheinst du das alles abzulehnen, als Frau und so. Aber auf der anderen Seite hilfst du denen doch dabei. Die sind mittlerweile deine Kunden, und du verdienst mit deren Fetisch und – ja meinetwegen auch so – mit der Ausbeutung von Frauen dein Geld. Wie bekommst du diese beiden unterschiedlichen Dinge auf die Reihe?«

»Chiara, wenn diese Frauen zu all dem gezwungen würden, wäre für mich sofort Schluss. Ich komme bei meiner Arbeit meist sehr dicht an sie heran, ich spüre ihre Energie, wie sie sich fühlen, was in ihnen vorgeht, wie sie denken. Und ich habe sie allein bei mir, ganz ohne ihre Herren. Bei mir könnten sie sich öffnen und ihr Herz ausschütten. Doch alles, was ich feststelle, ist: Die allermeisten wollen das, und zwar genau so. Sie sind regelrecht stolz, ihren Herren solche Dienste zu erweisen.

Chiara, wir Frauen sind heute gleichberechtigt, das gilt auch für dich. Ich sehe es aber nicht als meine Aufgabe an, dich von irgendetwas zu erretten. Ich akzeptiere, wenn du anders fühlst und lebst als ich.

Ich weiß, dass man von euch Sklavinnen sehr viel verlangt, Mark sowieso. Und ich weiß es aus eigener Erfahrung. Ich kann dazu beitragen, das alles für euch erträglicher zu gestalten. Indirekt stütze und fördere ich damit solche Verhältnisse. Aber wer bin ich denn? Die Richterin von Mark und dir?

Du hast es mir eben selbst gesagt: Du möchtest dich Mark unterwerfen und nur noch zum Höhepunkt kommen, wenn er es ausdrücklich wünscht oder gar befiehlt. Du lässt dich also mehr oder weniger für ihn ›beschneiden‹, nicht wirklich, aber für dein tägliches Empfinden dürfte der Unterschied gar so groß sein. Meine Aufgabe ist es dann, dich bei der Realisierung deines Wunsches zu unterstützen.

Oder schau dir Miriam an. Sie scheint Michael wirklich zu lieben. Aber sie würde ein Leben an seiner Seite nicht aushalten, zumal er zurzeit Fehler macht, denn er überfordert sie. Es wird allerhöchste Zeit, dass sie lernt, ihre aufgestaute sexuelle Energie wieder fließen zu lassen, sonst wird sie noch krank. Ich möchte ihr in ihrer jetzigen Situation helfen. Ob sie in Zukunft mit Michael zusammenbleibt oder nicht, das muss ganz alleine sie entscheiden, das geht mich nichts an. Jedenfalls, wenn ich sie als erwachsene Frau ernst nehme, und das tue ich. Dies hat für mich jedoch zur Konsequenz, dass ich auch euer ganzes Verhältnis anzunehmen habe. Miriam ist im Auftrag und als Sklavin Michaels hier, also muss ich sie auch fast wie eine solche ansprechen. Verstehst du das?«

»Klar Li-Ying. Und das macht es für mich ja auch so angenehm mit dir.«

»Ja Chiara, du scheinst deine Rolle als Sklavin sehr weit verinnerlicht und auch verstanden zu haben. Du sprichst manchmal zu mir, als sei ich Marks verlängerter Arm. Du fragst zum Beispiel jedes Mal vorher, ob du deine Stimme erheben darfst. Auf mich wirkst du dadurch geradezu aufreizend erotisch. Komm, lass mich dich noch einmal überall küssen. Vielleicht gelingt es mir ja doch noch … du weißt schon.

Nein, keine Angst Liebes, ich werde dich schon nicht überfordern. Ich habe Mark heute gefragt, ob ich dich einmal lieben dürfte, und er war sofort Feuer und Flamme. Er meinte gar, ich solle in Zukunft ganz selbstverständlich über dich verfügen, zumal du während der gesamten Unterrichtszeit ohnehin meine Sklavin seist.«

»Das hat er zu seiner ehemaligen Sklavin gesagt?«

»Ja, Kiara, so ist er halt. Wir haben jetzt nur noch ein Geschäftsverhältnis miteinander, und hierdurch gehöre ich zur gleichen Seite. Natürlich bezahlt er mich ganz normal für meine Dienste. Aber wenn ich sein Angebot annehme, kann er auch schon einmal eine Sonderbehandlung von mir erwarten. Beispielsweise, dass ich eine Sitzung mit euch ohne zu zögern von Dienstag auf Sonntag verlege und dabei noch ein paar private Termine absage.

LI-YING

Und täusch dich mal in einem nicht. In Bezug auf seine Sklavinnen denkt Mark ganz gleichberechtigt, dem ist es egal, ob ein Mann oder eine Frau etwas von ihr will. Im Gegenteil, bei einer Frau kann er sie anschließend mal wieder als Lesbe beschimpfen, er hat dann also ein paar gute Gründe mehr, du weißt schon.

Kiara, ich möchte die Situation nicht ausnutzen. Aber können wir das von heute nicht gelegentlich wiederholen, so ganz einvernehmlich zwischen dir und mir, was meinst du?«

»Li-Ying, das würde mich sehr freuen und glücklich machen. Du bist eine sehr zärtliche Liebhaberin.« Und dabei rollte sie sich zur Seite und küsste sie auf den Mund.

EIN UNBEKANNTER

STRÄHNCHEN

Kiara war mit sich zufrieden. Sie warf einen letzten Blick in die Schaufenster des Friseursalons Wachs & Wachs & Zians, wuschelte noch einmal mit einer Hand durch ihre Haare, um sich dann lächelnd in Richtung Taxi-Stand auf den Weg zu machen. Sie war schon jetzt gespannt, was Mark wohl heute Abend zu ihren neuen blonden Strähnchen sagen würde.

Langsam bummelte sie – ihre Hüften bei jedem Schritt aufreizend schwingend – die Liebigstraße im Frankfurter Westend hinunter. Es war ein wunderschöner Tag, wie lange nicht mehr. Kiara überlegte, ob sie nicht lieber freimachen und den restlichen Tag mit Alina irgendwo am Mainufer verbringen sollte. Mit ihren neuen Strähnchen würde sie bestimmt die Blicke aller Männer auf sich ziehen. Sie und Alina zusammen sowieso und die der Frauen dann noch dazu.

»Kiara!«

Kiara zuckte zusammen und drehte sich um. Sie blickte in die spöttischen Augen eines ihr unbekannten, vielleicht 1,90 m großen, dunkelhaarigen Mannes mittleren Alters.

»Kiara, darf ich dich um ein Autogramm bitten?«

»Was soll das? Wer sind Sie? Ich kenne Sie nicht! Und ich kenne auch keine Kiara. Sie müssen mich mit irgendwem verwechseln!«

»Und warum hast du dich dann so abrupt umgedreht, als ich deinen Namen rief?«

»Erstens duzen wir uns nicht, und zweitens habe ich mich lediglich erschrocken, weil Sie so laut gerufen haben. Ich dachte, es wäre etwas passiert.«

»Aha, du versuchst dich doch nicht etwa zu verleugnen, liebste Kiara? Das Buch hier kennst du bestimmt, oder?« Er griff kurz in seine Aktentasche, kramte ein Exemplar von ›Kiara und Alina‹ hervor und wedelte ihr damit vor der Nase herum.

»Es tut mir leid, aber das Buch sagt mir überhaupt nichts. Sie müssen mich mit jemandem verwechseln. Bitte lassen Sie mich endlich in Ruhe, sonst rufe ich die Polizei!«

»Die Polizei? Warum nicht gleich deine Lesbenfreundin Alina? Wo ist sie eigentlich? Ich dachte, ihr wärt mittlerweile so etwas wie siamesische Zwillinge, die keinen Schritt mehr ohne den anderen machen können. Aber warte mal, bestimmt wird dich das hier überzeugen …«

Und mit diesen Worten holte der Unbekannte ein Bild hervor, auf welchem Kiara unbekleidet auf einem optisch leicht verschwommenen Hintergrund lag.

»Wenn du möchtest, dass dies alles unser kleines Geheimnis bleibt und nicht vielleicht schon morgen in der Bildzeitung oder im Internet nachzulesen und zu bewundern ist, dann höre mir jetzt besser einmal genau zu. Dein Vater wäre bestimmt wenig erfreut, wenn die Unterlagen in Verbindung mit seinem Namen in der Presse veröffentlicht würden. Und dein Mark sicherlich auch nicht, obwohl, bei dem weiß man ja nie.«

Kiara erblasste schlagartig.

»Mein Gott, woher haben Sie das Bild? Und wer sind Sie überhaupt? Was wollen Sie?«

»Warum so formal, Kiara? Du kannst ruhig ›Liebling‹ zu mir sagen. Und was ich von dir will? Ganz einfach, Kiara: Das was alle wollen, nämlich Geld und Sex. Dein Macker hat Geld, und du hast außer deinem Körper nichts, also zahlst du mit dem. Aber ich möchte das jetzt nicht im Einzelnen hier auf der Straße diskutieren. Schick mir eine E-Mail an die

EIN UNBEKANNTER

Adresse kiaraschlampe@gmail.com, und wir werden weitersehen. Meine Forderungen und Instruktionen bekommst du dann postwendend zugesendet. Hast du mich verstanden?«

Kiara war zu schockiert, um zu antworten.

»Liebling, hast du mich verstanden? Du weißt, was passiert, wenn du dich nicht binnen einer Woche bei mir meldest: Die Unterlagen gehen direkt an die Presse und deinen Vater. Ach nein, wir sollten besser nichts überstürzen. Ich möchte dir noch eine zweite Chance einräumen. Wenn du dich nicht innerhalb der von mir genannten Frist kooperativ zeigst, werde ich zunächst nur deinen Macker informieren. Ich denke, das dürfte fürs Erste reichen. Wenn dann allerdings von dir noch immer nichts kommt, folgt zwangsläufig das volle Programm. Ich wiederhole es sicherheitshalber noch einmal: Es geht dann alles an die Presse und deinen Alten. Verstanden, Liebling?«

Kiara nickte stumm, schaute den Unbekannten noch ein letztes Mal irritiert und verletzt an, und machte sich dann im Laufschritt in Richtung Taxistand auf den Weg nach Hause.

Dort angekommen zog Kiara sofort ihre Schuhe aus und verbarg sich schluchzend unter ihrer Bettdecke. Ein Tag, der so schön begann, hatte plötzlich eine ganz schreckliche Wendung genommen. Sie weinte hemmungslos vor sich hin. Sie wusste, dass ihre Schreiberei mit Risiken verbunden war, und dass sie ihre Autorenschaft wohl nicht für alle Zeiten geheim halten könnte. Aber dass man ihre Identität so schnell aufdecken würde und auch noch auf diese Weise, damit hatte sie nun wirklich nicht gerechnet.

Eine warme, weiche Hand streichelte zärtlich durch ihren frisch gesträhnten Lockenkopf.

»Kiara, Liebste, komm her meine Kleine. Was hast du? Was ist los mit dir?«

Ein erneuter heftiger Weinkrampf ließ Kiaras Körper erbeben.

Alina hob ihre Decke und legte sich ganz dicht an sie heran. Sanft streichelte sie ihre Haare, ihre Stirn und ihre tränendurchnässten Wangen.

»Liebste, ich pass auf dich auf. Großes Ehrenwort!«

Eng umschlungen verbrachten sie die nächste Stunde, ohne ein Wort miteinander zu reden. Dann endlich war Kiara innerlich so weit, ihrer Freundin über den Vorfall zu berichten.

»Alina, und weißt du, was ich besonders schlimm finde: Wie soll ich das nur Mark erzählen? Der wird mir bestimmt jede Menge Vorwürfe machen. Und sich hinstellen und sagen, das wäre doch klar gewesen, dass das irgendwann mal hätte passieren müssen. Wie ich nur so naiv sein könne! Und mir dann das Schreiben verbieten.«

»Aber Kiara, müssen wir das denn nicht Mark mitteilen? Ich meine, ähm, wir sind seine Sklavinnen. Und Sklavinnen tun so etwas, oder?«

»Ich weiß, Alina. Aber ich habe zu viel Angst. Mark wird bestimmt total sauer sein. Das könnte ich noch ertragen. Meinetwegen soll er mich dafür die halbe Nacht auspeitschen. Aber er darf mir bitte nicht das Schreiben verbieten. Bitte!«

»Sag mal Kiara, du hast da eben etwas von einem Bild erwähnt. Woher hat dein Mr. X das eigentlich? Und kannst du es noch etwas genauer beschreiben?«

»Du, ich weiß nicht. Ich präsentiere mich doch bei Tausenden Gelegenheiten und vor vielen Menschen so. Im Prinzip kann das überall entstanden sein. Ich habe das Bild jedenfalls vorher noch nie gesehen. Aber die Frau darauf war eindeutig ich, und es handelte sich um keine Fotomontage, denn es waren auch mein Tattoo und mein Piercing zu

EIN UNBEKANNTER

sehen. Ich hatte den Kopf leicht zur Seite gewendet, die Augen halb geschlossen und lag auf etwas drauf, das ich nicht genau erkennen konnte. Irgendein Muster mit Blumen oder so, Rosa auf Weiß.«

»Hm, interessant. Mir kommt bereits eine Idee. Liebste, lass uns doch erst einmal versuchen, etwas Zeit zu gewinnen. Wir müssen nämlich gut nachdenken. Ich richte für dich eine neue E-Mail-Adresse ein, damit wir genau wie er mit einer anonymen Postadresse arbeiten. Oder genauer gesagt: ich für dich. Wie wäre es mit kiaraistkeineschlampe@gmail.com? Wir fordern von ihm zunächst seine Unterlagen an. Du schreibst, du wärst bei dem Zusammentreffen so konsterniert gewesen, dass du gar nicht richtig hingeschaut hättest. Also diese Frau auf dem Bild, das wärst garantiert nicht du gewesen, jedenfalls gemäß deiner Erinnerung nicht. Daraufhin wird er uns bestimmt das Image zuschicken. Und dann sehen wir weiter, oder genauer gesagt: ich. Was hältst du davon?«

»Und was versprichst du dir davon, Alina?«

»Lass das mal ruhig meine Sorge sein.«

»Aber was hast du vor, Alina?«

»Sage ich dir nicht. Du erzählst deinem Mark ja auch nicht alles, obwohl du es müsstest.«

»Alina, Alina, Alina! Liebste, bitte bitte mach nichts Schlimmes, bitte!«

»Ich habe noch nie etwas Schlimmes gemacht. Ich bin die liebste Lesbe der Welt, das solltest du doch langsam wirklich wissen!«

Und mit diesen Worten küsste Alina ihre Freundin ganz zärtlich und inniglich auf den Mund.

»Ja Alina, normalerweise schon. Aber ...«

Kiara sah Alina nachdenklich an. Der plötzliche Energieschub, der in ihren Augen aufblitzte und ihren Körper zu durchströmen schien, beunruhigte sie.

»Kiara, bitte doch den Mark in den nächsten Tagen darum, meine Bilder von Ellen zurückzuverlangen. Wir reden erst einmal nur von meinen Bildern. Ich bin Marks Sklavin und neuerdings Ellens Feindin. Das sollte auch für Mark Grund genug sein, dafür zu sorgen, dass die Bilder nicht länger im Internet stehen und ihm exklusiv ausgehändigt werden.«

»Ja, Liebste, kann ich machen, kein Problem. Ich sehe nur gerade den Zusammenhang nicht.«

»Musst du ja auch nicht. Komm Liebste, ich möchte ein wenig mit dir schmusen, ja?«

IM BETT MIT ALINA

Kiara spürte Alinas linke Hand in ihrem Nacken, wie sie sich langsam zu einem zweiten, festen Halsband schloss. Sie ahnte, was nun kommen würde.

Alina hatte wie üblich recht langsam begonnen und sich neben sie gehockt und sie am ganzen Körper betrachtet. Kiara wusste, wie sehr ihre Geliebte den weiblichen Körper mochte und speziell den ihren genoss. Sie wurde zunächst von Kopf bis Fuß gestreichelt und geküsst, wobei ihren Nippeln eine besondere Aufmerksamkeit zukam. Häufig legte Alina die linke Hand in ihren Nacken, während sie gleichzeitig an den Knospen ihrer Gespielin sog. Auf diese Weise pflegte sie auszudrücken, dass sie ihr und niemandem sonst gehörte.

In solchen Momenten war Kiara Mark ganz besonders dankbar dafür, ihr seine spezielle Hingabetechnik beigebracht zu haben. Sie schmunzelte innerlich: »Was euch Männern gefällt, mag Alina erst recht.«

EIN UNBEKANNTER

Denn während Alina sie zärtlich liebkoste, versuchte sie mit ihrem Körper der langsam auf ihrer Haut entlanggleitenden Hand zu folgen. Von außen war es in solchen Momenten dann kaum mehr auszumachen, ob nun Alina ihren Körper streichelte, oder ihr Körper deren Hände.

Irgendwann richtete sich Alina ein wenig auf, schob Kiaras Beine zärtlich aber doch bestimmend auseinander und legte sich dann zwischen sie, um mit Fingern und Lippen ihre Schamlippen zu umspielen und ihre Piercings mit ihrer Zunge zu reizen und zu necken. Sie konnte so unsagbar sanft sein. Wie im Zeitlupentempo drang sie mit mehreren Fingern in ihre warme und feuchte Lustgrotte ein, stimulierte ein wenig ihren G-Punkt und zog sich gleich darauf wieder zurück.

Kiara liebte dieses Spiel. Sie versuchte dann stets, die sich in sie bohrenden Finger mit ihrer engen und austrainierten Scheide zu umklammern oder gar vollständig zu verschlingen. Doch Alina entzog sich ihr jedes Mal mit Leichtigkeit, denn für ein echtes Festhalten der kleinen Hand ihrer Freundin war sie längst viel zu feucht. Sie hätte dieses Spiel stundenlang auf die gleiche Weise treiben können, zumal Alina sie von Mal zu Mal mehr und intensiver an ihrem G-Punkt neckte, als wenn sie ihr sagen wollte: »Liebste, dein Körper gehört mir, denn nur ich kenne dessen wahre Geheimnisse, nicht einmal du.«

In dieser Phase ließ Alina Kiaras Klitoris noch stets unberührt. So war es auch diesmal wieder. Doch irgendwann beugte sie sich vor und teilte die längst leicht geschwollenen Schamlippen mit ihrem Mund. Gleich darauf drang sie mit ihrer Zunge tief in die Spalte ihrer Freundin vor. Gleichzeitig wanderten ihre Hände über Kiaras Bauch, um sich schließlich flach auf ihre Brüste zu legen, wo sie die Knospen der Geliebten ganz sanft an der Spitze berührten oder sie manchmal auch kräftig mit Daumen und Zeigefingern umklammerten. Kiara hatte ihr einmal gestanden, dass sie es liebte, an ihren Nippeln fester angefasst zu werden, und seitdem hatte Alina sie darüber vollständig im Griff. Kiara war ihr dann augenblicklich willenlos ergeben. Meist stöhnte sie schon bald leicht vor sich hin.

Doch dann war endlich die Zeit der Klitoris gekommen. Alina umkreiste sie mit der Zunge, neckte sie mit den Zähnen, saugte an ihr, küsste sie, umschlang sie mit den Lippen, bis sie sich schließlich deutlich angeschwollen über ihrer Vulva erhob.

Zufrieden lächelte Alina vor sich hin. Mit zwei Fingern der rechten Hand drang sie erneut in ihre Geliebte ein und massierte ihren G-Punkt energisch, während sich Zunge und Lippen bemühten, die Klitoris ihrer Freundin zum Bersten zu bringen. Kiara befand sich nun auf dem unaufhaltsamen Weg zu einem Höhepunkt, und keine noch so große, von Li-Ying vermittelte Meisterschaft hätte sie jetzt noch davon abhalten können. Ihr Atem ging schwer, ihre Augen flackerten und ihre Hände zogen sich bereits zu kleinen Fäustchen zusammen.

Genau an diesem Punkt hörte Alina auch diesmal wieder auf und legte sich zu ihrer Freundin. Während sich ihre linke Hand einem Halsband gleich um Kiaras Nacken schloss, hob sie den Kopf ihrer Gespielin ein wenig an und gab ihr einen tiefen und innigen Kuss. Gleichzeitig wandte sich ihre rechte Hand erneut Kiaras Klitoris zu, nun aber eher sanft und zärtlich, um von dort hin und wieder in die nasse Öffnung ihrer Geliebten vorzudringen und mit ihren Fingern deren G-Punkt zu liebkosen.

Bald darauf löste sie ihre linke Hand und schob sie stützend unter Kiaras Taille, wodurch sich deren Becken ein wenig anhob. Beißend und küssend machte sie sich in Richtung Vulva unterwegs, verharrte für eine Weile auf dem Venushügel ihrer Freundin, um sich von dort mit ihrer Zunge millimeterweise in Richtung Klitoris zu bewegen, an der sich längst ihre andere Hand vergnügte. Kiara war kurz davor, ihren allerletzten Widerstand aufzugeben.

EIN UNBEKANNTER

Dies nahm natürlich auch Alina wahr. Und so ergriff sie erneut Kiaras Nacken, küsste sie leidenschaftlich auf den Mund, während sie gleichzeitig mit sanften, kreisenden Bewegungen an der Klitoris und den Schamlippen ihrer Geliebten spielte. Kiara taumelte längst auf dem Rand des sich unmittelbar vor ihr öffnenden Abgrunds.

Alina war mit ihrem Werk in höchstem Maße zufrieden.

»Liebste, ich sehe, ich habe dich einmal mehr so weit. In diesem Zustand wirst du nun noch eine ganze Weile schweben dürfen.«

Kiara wusste, wie schwer ihr das auch diesmal wieder fallen würde. Aber immerhin stimulierte Alina sie nun sanft genug, um ihre Erregung mit den ihr beigebrachten Techniken jederzeit unter Kontrolle halten zu können.

Alina rieb ihre Nase an der Kiaras, drückte einen weiteren Kuss auf die Lippen und Knospen ihrer Freundin und setzte ihr Spiel mit deren Klitoris und G-Punkt unvermindert fort. Vielleicht intensivierte sie es sogar ein wenig.

Als sie sprach, schaute sie ihr intensiv in die Augen.

»Kiara, ich weiß, dass du jetzt fast wie in Trance bist, um nicht über den kritischen Punkt zu kommen. Ich habe dir etwas Wichtiges zu sagen. Hör mir bitte trotzdem zu! Kiara, mach dir keine Sorgen. Es wird alles gut. Ich werde mich um dein Problem kümmern. Du wirst sehen: Es wird alles gut. Sch sch sch sch. Ja, bleib ganz ruhig, Liebste. Keine Sorgen! Ich pass auf dich auf. Sch sch sch sch …«

Und dabei küsste sie sie jedes Mal ganz zärtlich auf den Mund, fuhr mit der Zunge an den Umrissen ihrer Lippen entlang und knabberte ein wenig an ihrer Nase oder ihren Ohrläppchen. Immer wieder berührten sich ihre Lippen, ja drückten sich regelrecht fest aufeinander, als wenn sie eventuelle Widerworte gleich im Keim zu ersticken versuchten.

»Sch sch sch sch … Ich pass auf dich auf Liebste.«

Erst etwa eine Stunde später ließ sie sie los.

Als Kiara schließlich langsam zu sich kam, fand sie sich mit gespreizten Beinen nackt auf ihrem Bett liegend. Ihren Körper durchströmte eine wohlige Entspanntheit. Allerdings fühlte sie sich auch sehr erschöpft. Ihre Muskeln schienen schwer wie Blei zu sein. Alina lag noch immer neben ihr und spielte an einer ihrer Knospen, die sie durch leichtes Pusten und dem Kreisen ihres angefeuchteten Zeigefingers zu irgendwelchen Reaktionen zu ermuntern versuchte. Doch offenbar war auch sie nun viel zu müde für solche Spielereien.

Kiara fühlte sich völlig nackt und wehrlos, viel stärker, als es jemals bei einem Mann der Fall gewesen war. So bedingungslos wie bei Alina hatte sie sich wohl noch nie jemandem hingegeben. Sie erhob ihren müden Arm, um ein wenig durch Alinas Haare zu wuscheln.

Wie sonderbar ihr Verhältnis doch eigentlich war. Sie hätte glatt Alinas größere Schwester sein können, immerhin war sie fünf Jahre älter, und doch war es eher genau umgekehrt. Und auch Alina machte überhaupt keinen Hehl daraus, dass sie das genauso sah: Für sie war es ihre Aufgabe, Kiara zu beschützen, und nicht etwa umgekehrt. Und im Bett sah es längst ganz ähnlich aus.

Sie schmunzelte. Alina war in den wenigen Monaten ihres Zusammenlebens enorm gereift, viel mehr noch als sie. Sie war sich ganz sicher: Ihre Liebste würde einmal eine sehr starke Persönlichkeit werden. Aber was würde dann aus ihnen? Sie erschrak. Ihr wurde unmittelbar klar, dass Alina nur vorübergehend die Sklavin von Mark sein konnte. Irgendwann würden sich ihre Wege trennen, denn das Leben, das sie an ihrer und Marks Seite hätte, genügte ihr dann nicht mehr.

EIN UNBEKANNTER

Sie schob ihre Gedanken zur Seite. »Ach, was soll dieses Grübeln über etwas, was vielleicht einmal sein könnte oder auch nicht? Ich lebe jetzt. Und jetzt bin ich mit Alina zusammen und möchte sie in vollen Zügen genießen. Und natürlich sie mich auch.«

Sie entschloss sich, Alinas Angebot anzunehmen.

»Liebste, ich bin jetzt wieder ganz entspannt. Ich habe mich gerade entschieden, deinem Vorschlag zu folgen. Ich werde Mark nichts von der heutigen Begebenheit erzählen und auch alles ganz weit aus meinem Bewusstsein verdrängen. Ich will deine fröhliche Kiara wie immer sein. Mach einfach das, was du für richtig hältst. Ich vertraue dir.«

Alina gab ihr einen dicken Kuss. »Danke Liebste. Ich werde dich nicht enttäuschen, das verspreche ich dir. War es schön für dich?«

»Einfach nur wunderschön! Du weißt, wie du mich kriegen kannst. Aber ich bin jetzt dermaßen groggy. Davon darf Mark natürlich auch nichts wissen.«

»Wovon?«

»Na ja, er fordert mich ja immer auf, bei seinen Freunden und Bekannten alles zu geben. Aber so richtig alles bekommst wohl nur du, denn du warst heute viel dichter an mir dran als irgendwer zuvor. Momentan fühle ich mich nackt wie ein Säugling. Da hast du mich ganz schön in Besitz genommen! Alina, darf ich dich etwas fragen?«

»Natürlich, Liebste!«

»Woher nimmst du eigentlich deine Kraft und Stärke? Als du noch Sklavin bei Ellen warst, war ich in größter Sorge um dich. Ich wollte dich dort unbedingt herausholen und beschützen. Doch nun bist du hier bei mir und bei Mark und musst täglich jede Menge Schwänze abarbeiten. Der Dank dafür ist, dass du nicht zum Höhepunkt kommen darfst.

Mittlerweile drängt sich mir längst der Eindruck auf, du könntest die Stärkere von uns beiden sein, und ich glaube, Mark sieht das ebenso. Und schau dir nur uns beide gerade eben an. Du hast dich doch längst meiner bemächtigt, und ich genieße und akzeptiere das auch noch, obwohl ich fast deine ältere Schwester sein könnte. Wie kann das angehen?«

»Liebste, ich weiß es auch nicht so genau. Aber mir geht es hier insgesamt sehr gut, und dazu trägst du mit deiner Liebe ganz entscheidend bei. Doch mir tun auch die Männer gut, vor denen ich früher ziemliche Angst hatte. Mittlerweile fühle ich mich denen manchmal haushoch überlegen. Nicht so bei Mark, aber bei einem erheblichen Anteil der Männer, die er hier anschleppt, um mich mal eben durchzuficken. Anfangs hat mich das ganz schön beleidigt. Jetzt tun mir die Typen meist nur noch leid, wenn sie in mich hinein stoßen und spritzen und sich dabei einbilden, sie wären die Größten. Ja wer sind die denn?

Mir tut auch Mark sehr gut. Gerade vor solchen Männern hatte ich immer einen Riesenschiss, zumal ich von ganz woanders herstamme, als Typen wie er. Jetzt hat er nur noch meinen Respekt, von Angst ist keine Spur mehr. Auch kann man bei ihm sehr schön üben, speziell, wenn er mal wieder seine Macho-Tour drauf hat. Tust du ja auch die ganze Zeit, nur dass du dann als Ergebnis stets die Peitsche bekommst. Trotzdem: Ihr beide seid irgendwie ein sehr lustiges Gespann. Ich habe mir schon viel von dir abgeschaut.

Ich glaube, wenn ich erst einmal drei Jahre Marks Sklavin bin, kann mir keiner mehr etwas. Dann kann ich in meinem Leben alles werden.«

»Und dann wirst du mich verlassen.«

»Liebste, bitte sag so etwas nicht, das darfst du noch nicht einmal denken!«

»Und wenn es nun mal so ist?«

EIN UNBEKANNTER

Alina richtete sich ein wenig auf, legte ihre linke Hand in Kiaras Nacken und hob den Kopf ihrer Freundin ein Stück an. Ihre rechte Hand legte sie direkt auf Kiaras Spalte, in die sie mit sanft kreisenden Fingern zärtlich vordrang. Sie beugte sich vor, um ihr einen leidenschaftlichen Zungenkuss zu geben, bei dem sie ihr intensiv in die Augen schaute.

»Liebste, du gehörst mir! Und das weißt du auch! Ich lasse dich nicht mehr gehen!«

EIFERSUCHT

SPRITZTOUR

»Hi Mark, ist alles Okay mir dir?«

Kiara erwartete Mark bereits an der Tür, als er kurz nach 22 Uhr nach Hause kam. Sie ging auf ihn zu, richtete sich ein wenig auf, schlang ihre Arme um seinen Hals und küsste ihn liebevoll auf den Mund.

»Hallo Liebling. Wenn ich dich sehe, schon besser. Aber was ist denn mit dir passiert?«

»Ach Mark, ich weiß, dass ich das mit dir erst hätte abstimmen sollen, aber mein Friseur hat so überzeugend auf mich eingeredet, da habe ich es einfach mal gewagt. Gefällt es dir nicht? Ich lasse die Strähnchen dann gleich Morgen wieder rausmachen.«

»Du siehst geradezu bezaubernd aus, fast wie Shakira. Da kommen mir gleich ein paar neue Ideen. Nein, Liebling, es gefällt mir ausgesprochen gut. Es ärgert mich ledig, nicht selbst darauf gekommen zu sein!«

»Mark, genau du möchtest doch immer alles an Experten delegieren. Und mein Friseur ist wirklich einer, wie sich heute einmal mehr herausgestellt hat. Aber wieso geht es dir jetzt schon wieder besser? Was ist denn los?«

»Nichts weiter, Liebling. Es war einfach ein anstrengender Tag und ich habe leichte Kopfschmerzen. Na ja, was soll's?«

»Soll ich dir eine Aspirin-Brause machen? Oder hättest du lieber einen Kaffee?«

»Mmh. Ein Aspirin wäre gut.«

»Bin schon unterwegs. Willst du lieber deine Ruhe haben, oder soll ich mich noch ein wenig zu dir setzen? Ich kann dich auch massieren, wenn du möchtest.«

»Ach lass mal Liebling, das Aspirin wird schon reichen. Trotzdem danke für dein Angebot. Wie wär es mit dem Kaminzimmer?«

Wenige Augenblicke später kehrte Kiara mit einem sprudelnden Glas Aspirin zurück und setzte sich zu ihm.

»Und wo ist Alina?«

»Oh Entschuldigung Mark, ich hole sie sofort! Sie schaut sich gerade im Fernsehen einen Actionfilm an, irgendetwas mit Steven Seagal oder auch Vin Diesel, ich weiß es nicht. Sie steht total auf solche Sachen. Wer hätte das gedacht, oder?«

Mark lächelte sie an. »Nein, lass mal Liebling, vielleicht lernt sie sich von denen noch ein paar neue Tricks ab. Ich find es schön, mal nur mit dir allein zu sein.«

Kiara gab ihm einen Kuss.

»Ach Mark, da wir gerade über Alina sprechen. Kann ich dich um etwas bitten?«

»Kommt darauf an. Wenn ich wie beim letzten Mal wieder einen törichten Fehler begehen soll, nämlich auf alle meine Rechte ihr gegenüber zu verzichten, dann sicherlich nicht. Aber bitte, worum geht es?«

»Du weißt doch, dass Ellen damals Fotos von Alina gemacht und ins Internet gestellt hat. Also diese ganzen Cumshots. Nun besteht zwischen Alina und Ellen aber nur noch reine Feindschaft. Kannst du Ellen nicht darum bitten, die Fotos endlich aus dem Internet herauszunehmen?«

»Hast du sie gesehen?«

»Nein. Und Alina kennt die Adresse leider auch nicht.«

EIFERSUCHT

»He he, da sieht man es mal wieder, genau aus solchen Gründen braucht die Welt Frauen, weil sie sonst langweilig wäre.

Kiara, Ellen ist eine professionelle Unternehmensberaterin. Die hat unter anderem Kunden in der Hochfinanz. Glaubst du ernsthaft, die betreibt ganz nebenbei noch unter ihrem Namen eine Website mit Cumshots? Das waren doch nur ihre üblichen Tricks, um Alina Angst zu machen und sie zu disziplinieren. Was meinst du, was ich erst alles drauf habe, he he? Da hat es niemals Fotos im Internet gegeben. Im Übrigen kann man keine Fotos aus dem Internet herausnehmen. Denn die meisten Leute speichern sie dann direkt auf ihre Festplatte und vielleicht dann noch auf eine andere Website. Und dann sind da über Nacht tausend Kopien im Umlauf. Kein Mensch könnte das jemals wieder rückgängig machen.

Also Kiara, macht euch mal keine Gedanken. Alina ist jetzt meine Sklavin, das heißt, ich achte auf ihr Wohl. Wenn es diese Fotos damals gegeben hätte, dann hätte ich sie bei der Übergabe von Alina gleich mit verlangt.«

»Danke Mark, ich denke, das wird Alina sehr beruhigen.«

»Liebling, und wie war dein Tag sonst?«

»Heute Morgen haben Alina und ich drei Stunden mit Klaus trainiert. Danach hat er mit uns noch eine halbe Stunde Karate gemacht.«

»Und? Was hat Klaus sonst noch mit euch angestellt?«

»Mark, das weißt du doch. Mit Alina eigentlich weniger. Aber bei mir war er heute wieder ganz schön fordernd.«

»Und wenn schon. Ich möchte es trotzdem aus deinem Munde hören, das weißt du ganz genau!«

Mark schaute sie leicht verärgert an.

»Natürlich Mark. Zum Schluss musste ich noch eine Dehnübung machen, mich im Fersensitz hinsetzen, mich dann ganz weit nach hinten zurücklehnen und die Arme strecken so weit es ging. Und dabei hat er mich dann mindestens 20 Minuten lang gefickt.«

»Und bist du gekommen?«

»Nein Mark, natürlich nicht, sonst hätte ich es dir gleich eben schon erzählt. Ich werde in der Sache sowieso immer besser, dank Li-Ying. Mark, mein ganzes Streben ist es, als deine Sklavin ganz darauf zu verzichten und nur noch dann zu kommen, wenn du es von mir ausdrücklich forderst, und vielleicht manchmal noch bei Alina, sofern du es mir gestattest. Das zu können, würde mich sehr stolz machen. Ich wünsche mir so sehr, dir dies irgendwann zum Geschenk machen zu können.«

Marks Daumen umfuhr zärtlich ihre Lippen, sie immer wieder leicht öffnend, um dann ein wenig in ihren Mund einzudringen. »Liebling, dies würde mich sehr mit Stolz erfüllen. Und du wirst sehen, dass ich dir dann gelegentlich einen Orgasmus gewähren werde. Wenn unser Sohn gezeugt wird, wirst du mir deine Höhepunkte sogar regelrecht liefern müssen.«

Mark lächelte sie an. »Mach dir übrigens darüber nicht zu viele Gedanken, ich mag auch süße Mädchen. Aber zurück zum Thema: Wenn du mir deinen Orgasmusverzicht zum Geschenk machst, dann ist das eine große Geste einer perfekten Sklavin. Dann muss ich das also nicht erst von dir einfordern, dich kontrollieren, dich gegebenenfalls maßregeln. Auch mir fällt es dann leichter, dir gegenüber großzügig zu sein. Wie gesagt, mich erfüllt es mit Stolz, wenn du dich so verhältst. Du weißt, ich habe zurzeit sehr viel zu tun. Vielleicht überlegst du dir ohnehin gelegentlich Dinge, die dir schwerfallen und mir gefallen könnten. Wir haben ja längst ein Verhältnis, wo ich nicht unbedingt immer alles erzwingen muss.«

EIFERSUCHT

Mark lächelte sie dabei an.

»Mark, kann ich dich etwas fragen?«

»Nur zu, Liebling.«

»Ja, ähm, die Frage ist ziemlich persönlich. Ich kann verstehen, wenn du sie mir nicht beantworten möchtest.«

»Liebling, nun frag schon, bevor ich es mir wieder anders überlege.«

»Hu, ich traue mich nicht richtig. Ach, was soll's? Mark, wenn du mich auch ein bisschen lieb hast, warum stellst du mich dann ständig anderen Männern und Frauen zur Verfügung? Macht dich das nicht eifersüchtig?«

»Ha ha, ein bisschen lieb haben! Das war ja wohl die Untertreibung des Jahres! Liebling, ich habe dich nicht ein bisschen lieb, ich liebe dich, so einfach ist das!«

Kiara kuschelte sich ganz eng an ihn.

»Und warum sagst du es mir dann nicht manchmal?«

»Ja, du hast Recht, Kiara, es tut mir leid. Aber es ist einfach nicht meine Art. Ich bin ein eher sachlicher Mensch, und in meinem Umfeld sagt man so etwas nicht. Das klingt für mich ein wenig kitschig. Aber würde ich dich sonst heiraten? Ich dachte, das wäre für dich klar.«

»Klar ist das für eine Frau nie, auch für eine Sklavin nicht. Es könnte ja auch sein, dass du mich nur heiratest, um aus mir ganz offiziell eine Ehesklavin zu machen. Dann würde ich dir einfach noch ein bisschen mehr gehören.«

»Nun ja, das ist auch ein Grund, da hast du schon recht. Aber Heiraten geht bei mir nur mit Liebe, für alles andere bin ich zu konservativ. Aber um auf deine Frage zurückzukommen: Was ist denn mit dir, wenn ich mich mit anderen Frauen vergnüge? Ich mache es mal ganz einfach: Wie sieht es bei Alina und Miriam aus?«

»Bei Alina habe ich überhaupt kein Problem, die ist deine Sklavin, wie ich es bin. Für mich sind wir ein kleiner Harem mit mir als Hauptfrau und Alina als Nebenfrau. Bei Miriam bin ich weniger gelassen, auch wenn sie meine Freundin ist und bei Michael in guten Händen ist.«

»Aha, also doch. Nun rück mal ganz mit der Wahrheit raus: Was ist mit Lorena?«

»Ach Mark, es ist nicht wirklich schlimm. Du musst nicht denken, das sei jetzt ein riesengroßes Problem für mich. Ich weiß, was meine Rolle ist, das habe ich akzeptiert, und ich kann damit gut leben. Außerdem zeigst du mir ja immer wieder, dass ich die Nummer Eins für dich bin. Trotzdem sind da manchmal so Gefühle. Hast du das wirklich nie, wenn du mich anderen Männern gibst?«

»Kiara, bereits am ersten Tag unseres Kennenlernens habe ich dich dem Michael zur Verfügung gestellt, und du hast dich ohne Widerworte von ihm benutzen lassen. Ich war schon vorher ein wenig überrascht über dich. Ich wollte dich mit dem verweigerten Saveword zunächst nur verunsichern oder auch testen, aber du hast dich wirklich fallen gelassen und warst unglaublich mutig. Du hast zwar mit mir und der Situation gehadert, aber dann doch weitergemacht. Das hat mich zutiefst beeindruckt.«

»Heißt das, du hättest mich nicht fortgeschickt, wenn ich auf ein Saveword bestanden hätte?«

»Natürlich nicht. Dich doch nicht!«

»Du Schuft!«

Die beiden lächelten sich an.

»Kiara, ich habe mich schon an unserem allerersten gemeinsamen Tag in dich verliebt. Es waren deine Anmut und deine wirklich bedingungslose Art, mich zu akzeptieren und dich in meine Hände zu begeben, wodurch du mich für dich gewonnen hast. Du bist mein Ein und Alles. So und

EIFERSUCHT

nun stelle ich dich gerade deshalb anderen Männern zur Verfügung, weil ich eifersüchtig bin. Ich würde das auch bei einer anderen Sklavin machen, aber ohne die große Zuneigung, die ich dir gegenüber empfinde, würde es mir keinen richtigen Spaß bereiten, es wäre dann nur etwas für uns Männer. Es wäre eigentlich sogar regelrecht belanglos, also ungefähr so, wie wenn Michael mir erzählen würde, er habe Miriam von seinem Freund Frank in den Arsch ficken lassen.«

»Hat er das?«

»Ach Kiara, Frauen sind doch immer wieder süß. Kein Mann wäre jemals auf eine solche Antwort wie du gerade gekommen. Und wenn schon! Wen interessiert es, ob Michaels Freund Frank Miriam in den Hintern gefickt hat?«

»Mich schon!«

»Ja, hat er. Frank ist in der Hinsicht wie Robert, er kann unerbittlich sein. Miriam soll wohl jetzt endlich begriffen haben, was ihre Aufgaben sind. So und können wir jetzt mal wieder in der Spur bleiben?«

»Ähm, ja, natürlich Mark. Sorry, ich werde Miriam gleich Morgen anrufen. Also du gibst mich anderen Männern, weil du eifersüchtig bist? Was macht das für einen Sinn?«

»Nun Kiara, du bist eine junge attraktive Frau und damit eine läufige Hündin.«

»Keine Stute also?«

»… eine Stute und läufige Hündin! Wenn ich dich ganz für mich allein haben wollte, würdest du dich schon sehr bald nach einer Abwechslung umschauen, und zwar insbesondere dann, wenn ich mal wieder beruflich unterwegs wäre. Ich müsste dir jeden Morgen erst einmal einen Keuschheitsgürtel anlegen. Da geht es dir doch so viel besser. Und mir natürlich auch. Denn das Schöne daran ist:

Du bist mein Eigentum und ich bestimme, mit wem, wann, wo, und wie oft.«

»Ja aber Mark, das würde doch auch mit viel weniger funktionieren. Ich bin vor ungefähr neun Monaten hier bei dir eingezogen, und in diesen vielleicht 270 Tagen hat es noch nicht einen einzigen Tag gegeben, an dem ich nicht mit irgendeinem anderen Mann oder einer anderen Frau im Bett war, Alina natürlich rausgerechnet. Selbst in der Zeit, als du mir meine Schamlippen hast piercen lassen, wurde ich weiterhin täglich gefickt, nur diesmal dann halt in den Hintern.«

»Du brauchst das, das macht dich schön und fügsam. Im Übrigen übertreibst du maßlos. Michael ist mein bester Freund, und der darf dich sowieso haben. Wenn du den rausrechnest, dann war es nicht jeden Tag.«

Kiara grinste. »Wenn du mir so kommst, dann zähle ich dir gleich die Tage auf, an denen ich mich einem halben Dutzend oder auch noch mehr Männern hingegeben habe.«

»Ja, zum Beispiel bei Viktor. Soll ich dich da noch mal hinschicken? Ich habe den Eindruck, du brauchst das wieder. Viktor könnte dir bei der Gelegenheit erneut etwas Schliff beibringen.«

»Ist ja schon gut, Mark, ich sage ja nichts. Trotzdem verstehe ich das mit der Eifersucht nicht.«

»Kiara, das ist auch ein schwieriges Thema, ich kann es dir nicht wirklich erklären. Schau mal, ich kenne einen Mann, der niemals selbst Sex mit seiner Sklavin hat. Die beiden sind seit vielen Jahren miteinander verheiratet. Sie hat unter anderem mehrere feste Hausfreunde, denen sie sich in seiner Gegenwart hinzugeben hat. Er erwartet sogar, dass sie dabei alles gibt und nach Möglichkeit mehrfach ihren Höhepunkt erreicht. Hinterher will er von ihren Liebhabern stets wissen, ob sie auch zufrieden waren. Und wenn nicht, oder wenn er auch nur den Eindruck hatte, sie habe sich etwas

EIFERSUCHT

zurückgehalten, dann ist sie dran. Dann bekommt sie die Peitsche zu spüren und beim nächsten Mal strengt sie sich dann bestimmt wieder etwas mehr an. Ich hatte sie auch schon das eine oder andere Mal und muss sagen, sie ist wirklich gut. Sie ist gut erzogen und will einem Mann gefallen. Es macht Spaß mit ihr. Aber er liebt sie wirklich und sie ist ihm hörig. Die ganzen Arrangements würden nicht funktionieren, wenn sie ihm egal wäre oder er ihr. Ich habe einmal mitbekommen, wie sie ihn ganz liebevoll geküsst und dann gefragt hat, ob sie gut gewesen wäre, ob er mit ihr zufrieden sei.«

»Hm, wünschst du dir so etwas von mir auch?«

»Kiara, um ganz offen zu sein: ja! Und wir sollten das auch in Zukunft so halten: Du wirst mich ab sofort stets hinterher fragen, ob du eine gute Hure warst, ob ich restlos mit dir zufrieden war, oder ob du dich noch irgendwo verbessern kannst.

Für mich sind die anderen Männer nur Stellvertreter, für ihn vermutlich auch. Bei ihm ist es so, dass er nicht einmal mit ihr schlafen muss. So weit möchte ich nun wiederum nicht gehen, denn dafür bereitet mir dein Körper zu viel Vergnügen. Aber mehrere Männer können mehr mit dir anstellen, als ich das könnte. Und verschiedene Männer machen andere Dinge mit dir, als mir das einfiele. In meinen Augen sind sie aber nur meine Stellvertreter. Sie machen mich eifersüchtig, weil ich ihnen in dem Moment etwas sehr Wertvolles anvertraue. Aber auf der anderen Seite bringe ich sie ja nur dazu, von dir zu träumen. Es ist ungefähr so, als hätte ich einen Ferrari, mit dem ich hin und wieder andere eine Spritztour machen ließe. Er ist weiterhin mir, doch die anderen träumen dann davon.«

»Ach, nennt man das deshalb ›Spritztour‹?«

»Kiara, es war bislang ein sehr angenehmer Abend mit dir. Meine Kopfschmerzen sind restlos verschwunden, ich wollte fast ›wie weggeblasen‹ sagen, kann man bei dir aber leider nicht, hast du aber trotzdem gut hinbekommen! Doch jetzt bewegst du dich wieder mit beinahe traumwandlerischer Sicherheit auf die Peitsche zu. Möchtest du, dass ich sie hole? Ist es das, was dir fehlt?«

»Nein Mark, sorry. Aber das Beispiel mit dem Ferrari trifft es doch nicht ganz. Du nimmst die Männer doch nicht einfach mit, du lässt sie doch alle auch noch gleich ans Steuer?«

»Tue ich das wirklich? Eben erst hast du mir versprochen, auf Dauer nur noch dann zu kommen, wenn ich es möchte. Wer sitzt also am Steuer? Bei dem Bekannten, von dem ich dir eben erzählt habe, ist das nicht viel anders, auch wenn es zunächst den Eindruck hat. Sie gibt bei den Männern alles, aber nur, weil sie ihm damit gefallen will. Weißt du Kiara, wir Männer sind eigentlich in vielen Dingen sehr einfach gestrickt. Ich stelle in meinem Beruf etwas dar. Manche neiden mir sogar meinen Erfolg. In meiner Position lauert an jeder Ecke ein kleiner Brutus. Und natürlich sind dann viele scharf darauf, mit meiner Braut zu vögeln. Wenn wir erst verheiratet sind, wird sich das noch verstärken, denn dann geht es denen darum, meine Frau zu vernaschen. Es ist so, wie die Turniere bei den Rittern. Die dienten auch nur dazu, den Frauen der Mächtigen zu imponieren und eine von denen ins Bett zu kriegen. Oder sogar deren Liebe zu gewinnen, denk mal an Lancelot. Natürlich könnte ich einen ganzen Schutzwall um dich bauen, damit dich nie jemand zu fassen kriegt. Da scheint mir meine Strategie aber lohnender zu sein, und zwar in jeder Hinsicht. Denn gleichzeitig wirst du dabei ja so rangenommen, wie es mir allein gar nicht möglich wäre. Die anderen sind somit nicht nur meine Stellvertreter, sie sind Multiplikatoren, sie potenzieren meine Fähigkeiten.«

Ein Lächeln huschte über Kiaras Lippen.

»Kiara, jetzt nur ein Wort von dir, und du darfst sofort deinen Hintern entblößen! Dann kannst du unter meinen

EIFERSUCHT

Hieben meinetwegen die ganze Zeit über ›Potenz‹ und ›potenzieren‹ nachdenken.«

Kiara war immer wieder erstaunt, wie blind sie sich bereits nach so kurzer Zeit verstanden. Sie waren erst neun Monate zusammen, und doch kannte er sie längst viel besser als Jens dies nach fünf Jahren gelungen war. Sie gab ihm einen versöhnlichen Kuss und kuschelte sich an seine Schulter.

VERZICHTEN

»Kiara, ich würde mich jetzt gerne noch ein wenig mit Alina vergnügen. Holst du sie bitte! Mehr als ihre Plateaustiefeletten braucht es nicht. Und kommt bitte beide gleich in mein Schlafzimmer.«

Wenige Minuten später waren die beiden Frauen zurück. Mark hatte es sich derweil in seinem Bett bequem gemacht.

»Kiara, leg dich bitte hier zu mir auf die linke Seite. Du darfst uns heute ein wenig zuschauen.« Dann wandte er sich Alina zu.

»Komm her, meine Süße. Ich habe mich schon den ganzen Tag auf dich gefreut. Endlich kann ich dich in meine Arme schließen. Wie sehr habe ich es mir gewünscht, mit dir ganz normal wie Mann und Frau zusammen zu sein. Ich werde dich jetzt vier- oder fünfmal nehmen, und ich möchte dabei jedes Mal deinen Höhepunkt erleben. Gerne kannst du auch jeweils mehrmals kommen. Es macht mich glücklich, dich so zu erleben.«

Alina schaute ihn leicht verwirrt an, sagte aber keinen Ton. Dies hätte sie auch ohnehin nicht mehr gekonnt, denn Mark gab ihr einen intensiven Zungenkuss. Gleich darauf drang er in sie ein.

»Oh meine Süße, wie sehr genieße ich deinen Körper.«

Seine Bewegungen waren zunächst langsam und sanft, intensivierten und beschleunigten sich aber bald. Alina stieß nun deutlich wahrnehmbare Lustlaute aus und ihr Körper begann bereits leicht zu vibrieren. Die Nippel ihrer Brustwarzen waren hoch aufgerichtet und hatten sich zu einer enormen Festigkeit zusammengezogen, gerade so, als wollten sie ihn darum bitten, in sie zu beißen, was denn auch prompt geschah. Sie atmete im gleichen Rhythmus, mit der er seinen harten Lustpfahl erbarmungslos in ihre Öffnung trieb.

Sie wusste, lange würde sie ihm so nicht widerstehen können, zumal sich bereits die ersten leichten Kontraktionen ganz tief in ihrem Inneren ankündigten. Sie aber wollte nicht, nicht ohne die Erlaubnis ihrer Liebsten, denn ihr kam dies alles wie Verrat vor. Sie wandte ganz kurz ihren Kopf, um sich bei Kiara Rat zu holen. Doch alles, was sie sah, waren Augen voll tiefster Zuneigung, die ihr zu sagen schienen: »Liebste, ich freue mich so für dich. Hol es dir. Bitte! Tu es für mich!«

Und dann ließ sie sich auch endlich gehen. Sie zitterte am ganzen Leib, spürte die Kontraktionen kommen, und bald darauf schrie sie auch schon ihre Lust hinaus, als alles in ihr zu explodieren schien. Mark aber kannte kein Pardon, und so kam sie wenige Minuten später ein weiteres Mal und kurz darauf erneut, ohne dass sie nun noch hätte sagen können, wann der eine Höhepunkt zu Ende war, und der darauf folgende begann.

Als Mark das erste Mal in ihr gekommen war, ließ er in seinen Bewegungen ein wenig nach, sodass auch sie etwas zur Ruhe kam. Doch dies alles währte nicht lange, und schon bald darauf wiederholte sich sein teuflisches Spiel mit ihr erneut. Irgendwann dann aber war es auch für ihn genug, und beide blieben noch eine Weile wie ein unsterblich ineinander verliebtes Paar erschöpft und eng umschlungen aufeinander liegen, wobei er sie immer wieder seine ›Süße‹ nannte und ihr zärtliche Küsse auf die Lippen gab.

EIFERSUCHT

Ein wenig später erhob er sich, zog seine Kleidung an und ließ sich geruhsam auf einen zu einem kleinen Besprechungstisch gehörenden Stuhl nieder. Die beiden Frauen lagen derweil noch in seinem Bett.

»Komm mal her, Kiara, und setz dich zwischen meine Beine, mir deinen Rücken zugewandt.«

Mark öffnete seine Knie, um Kiara genau vor sich zu platzieren.

»Alina, hol aus meinem Arbeitszimmer die schwarzen Bänder mit den Klettverschlüssen. Bring am besten alle mit. Ach ja, daneben liegen ein paar kleinere Ledersäcke, sehen fast wie Fäustlinge aus, die auch. Und jeweils zwei Knebel und Augenbinden. Und die Nippelsauger natürlich. Ich glaube, das wär's zunächst.«

Eine Minute später war Alina mit den gewünschten Utensilien zurück.

Mark packte Kiaras Arme und band sie hinter ihrem Rücken zusammen. Dabei fixierte er ihre Oberarme so, dass sie gezwungen war, ihre Brüste ganz weit nach vorn zu strecken. Schließlich legte er ihre Hände in einen Lederfäustling, den er mit daran befestigten Riemchen verschloss. Eine Selbstbefreiung war ihr nun nicht mehr möglich.

»Alina, binde Kiaras Unterschenkel mit einigen Bändern an den Stuhlbeinen fest, aber bitte so, dass sie vollständig fixiert ist.«

Alina führte seine Anweisung wunschgemäß aus. Mark erhob sich und wanderte ein paar Mal – dabei etwas entschlusslos wirkend – um sie herum.

»Irgendwie bin ich noch nicht ganz zufrieden. Deine Titten sind zwar wunderbar ausgestellt, aber die Nippel könnten stärker herausstehen. Dafür bekommst du gleich die

Nippelsauger aufgesetzt. Und deinen Mund und deine Augen werde ich dir auch noch verschließen.«

Wenige Minuten später hatte er sein Vorhaben wahr gemacht.

»Schon besser! Alina, nimm dir auch einen Stuhl und setz dich damit etwa einen Meter neben sie. Achte darauf, dass du die gleiche Sitzposition wie sie innehast. Mit dir werde ich das Gleiche machen.«

Nach einiger Zeit hatte Mark auch diese Aufgabe zu seiner Zufriedenheit erledigt.

»So, eure Nippelsauger brauchen noch eine halbe Stunde. Damit euch die Wartezeit nicht zu lange wird, bekommt ihr einen elektrischen Klitorisstimulierer eingesetzt. Und wehe, ihr kommt dabei, ihr Huren. Ich sehe mir in der Zwischenzeit im Wohnzimmer die Nachrichten an. Und vielleicht ist ja sonst noch was im Fernsehen.«

Nach etwa 40 Minuten kehrte Mark zu seinen beiden Sklavinnen zurück. Er nahm ihnen die Klitorisstimulierer ab und ersetzte die Nippelsauger durch kleine Gummiringe, damit der Blutstau in ihren Knospen noch ein wenig länger hielt.

»Wunderbar. An den Anblick könnte ich mich gewöhnen. Doch nun zu uns, Liebling. Ich denke, wir beide sollten uns einmal etwas intensiver unterhalten. Leider habe ich aus beruflichen Gründen momentan nur sehr wenig Zeit für dich. Ach ja, wenn ich dich etwas frage, dann antwortest du einfach mit ›Ja‹ oder ›Nein‹, und zwar indem du deinen Kopf entsprechend bewegst. Hast du das verstanden?«

Kiara nickte mit dem Kopf.

Mark ließ seine Hände mehrmals über Kiaras ausgestellte Brüste gleiten, woraufhin sich ihre bereits angeschwollenen Knospen weiter vergrößerten und versteiften. Sodann klemmte er sie zwischen seine Finger, um sie zu zwirbeln

EIFERSUCHT

und an ihnen zu ziehen. Die beiden Nippel thronten nun steif und fest auf ihrer Brust. Mark streichelte ein wenig ihre Achseln, kehrte aber schon bald wieder zu ihren versteiften und schmerzenden Knospen zurück, um sie erneut in seinen Fingern zu zwirbeln und auf andere Weise zu quälen. Kiara seufzte deutlich hörbar durch ihren Knebel hindurch, was Mark veranlasste, sie zärtlich auf ihren Nacken zu küssen.

»Liebling, es erregt mich sehr, wie du dich mit deinen Brüsten präsentierst. Wie eine kleine Hure, die für jeden zu haben ist, für Männer wie für Frauen. Du bist doch eine, oder?«

Kiara nickte. In ihrer aktuellen Situation war sie gut beraten, solchen Fragen grundsätzlich zuzustimmen.

Mark ließ seine rechte Hand langsam an ihrer Taille entlang abwärts gleiten, um sich dann der Innenseite ihrer gespreizten Schenkel zuzuwenden.

Mit Mittel- und Ringfinger drückte er ihre gepiercten Schamlippen auseinander, während sich sein Zeigefinger auf die Spitze ihrer nun deutlich erigierten und fast schon überreizten Klitoris legte. In rhythmischen Bewegungen fuhren seine Finger in ihrer immer feuchter werdenden Öffnung auf und ab. Dabei klopfte er mit seinem Zeigefinger leicht auf ihren Kitzler. Seine linke Hand machte sich derweil an ihrer rechten Knospe zu schaffen, wobei es ihm eine Freude war, ihr dort weitere Schmerzen zuzufügen.

Ihre Brüste hoben und senkten sich im Rhythmus ihres Atems, der jetzt schwerer ging.

»So gefällst du mir, Liebling. Und so können wir ganz ungezwungen miteinander reden. Ich habe dir die Augen verbunden, damit du dich vollständig auf dich und deine Gefühle besinnen kannst und nicht erst wieder Rat bei Alina suchst.«

Mark intensivierte seine Bewegungen noch ein wenig. Dennoch hatte sich ihr Atem nun verlangsamt, denn sie konzentrierte sich mit aller Kraft auf seine Worte.

»Kiara, du hast mir in den letzten Wochen und Monaten ein paar Mal gestanden, du seist bei Alina unerlaubt gekommen, woraufhin du jedes Mal den halben Abend von mir gezüchtigt wurdest. Das ist nicht schön für dich, nicht schön für mich. Mensch Liebling, du bist ja klatschnass da unten! Also meine Frage ist: Kannst du darauf verzichten?«

Kiara bemühte sich, sowohl seinen Worten zu folgen, als auch ihre Lust in Grenzen zu halten. Eine dumpfe Vorahnung sagte ihr, es könnte ratsam sein, in den nächsten Minuten einen klaren Kopf zu behalten.

Sie schüttelte energisch ihren Kopf.

»Du sagst ›Nein‹? Hm. Das ist nicht gut. Überhaupt nicht gut. Tja, was mache ich denn da? Ah, ich werde erst einmal meine Nagelfeile holen und deine Nippel ein wenig aufrauen. Vielleicht kommen wir ja dann ein Stückchen weiter. Dürfte auch ganz in deinem Sinne sein.«

Wenig später setzte sich Mark unmittelbar hinter sie auf ihren Stuhl und machte sich an ihren steifen und geschwollenen Knospen zu schaffen.

»Liebling, noch einmal meine Frage: Kannst du darauf verzichten?«

Die unmittelbar neben ihr sitzende Alina nickte energisch mit dem Kopf und versuchte sich durch ihren Knebel hindurch bemerkbar zu machen.

»Aha, Alina hat gerade bereits zugestimmt. Ganz schön kooperativ, deine Lesbenfreundin, ganz anders als du. Wer hätte das gedacht? Alina, du könntest also vollständig darauf verzichten, bei Kiara zu kommen, und natürlich auch umgekehrt?«

EIFERSUCHT

Alina ging es vor allem darum, ihrer Freundin weitere Qualen zu ersparen, und nickte erneut. Durch ihren Knebel hindurch presste sie unverständliche Laute hervor. Kiara schüttelte weiterhin den Kopf, woraufhin Mark sie energisch am Kinn packte.

»Okay Liebling, du hast es nicht anders gewollt. Dann mache ich eben weiter. Und wenn deine Nippel dann so richtig empfindlich sind, bekommst du von mir eine Busenkette angelegt. Mal sehen, ob wir uns nicht doch noch irgendwie einigen können, was denkst du?«

Mark machte sich wieder an ihren Knospen zu schaffen, doch Kiara blieb bei ihrem nein. Das Anlegen der Busenkette war dann für sie so schmerzhaft, dass sie verzweifelt nach Luft rang.

Mark nahm erneut seine Frage auf, doch noch bevor er seinen Satz beenden konnte, schüttelte sie bereits mit dem Kopf.

»Ich sehe schon, Liebling, so kommen wir heute nicht weiter.«

Er nahm ihr die Kette ab, was sie innerlich vor Schmerzen aufschreien ließ. Erst einige Minuten später hatte sich ihr Atem wieder ein wenig beruhigt.

»Liebling, ich bin beeindruckt. Das kann dann wohl nur Liebe sein. Deine Lesbenfreundin Alina will ständig ›Ja‹ rufen, um dir die Schmerzen zu ersparen, und du stehst alle Peinigungen durch, damit Alina nicht auf deinen Höhepunkt verzichten muss, an dem ihr ja scheinbar so viel liegt.

Na gut, vielleicht können wir ja einen Kompromiss schließen. Wenn ich euch beiden einen Abend im Monat zugestehe, an dem du deiner Lust ungehemmt nachgehen kannst, kann ich dann von dir eine Gegenleistung erwarten?«

Kiara war verwirrt. »Was denn für eine Gegenleistung?«, wollte sie fragen. Wenn sie doch bloß hätte sprechen können. Aber sie war noch immer viel zu sehr erregt, um noch irgendwelche überlegten Entscheidungen treffen zu können. Sie nickte.

»Gut, sehr gut, Liebling. Aber hör dir erst einmal meinen Vorschlag an. Du weißt, welch großes Vergnügen es mir bereitet, dich anderen zur Verfügung zu stellen. Doch ich will mehr. Ich möchte aus dir eine perfekte Hure machen, die viele meiner Freunde glücklich macht. Leider ist das mit sehr viel Arbeit verbunden.

Deshalb möchte ich, dass Alina mir dabei hilft. Dafür werde ich dich ihr unterstellen. Sie wird für dich verantwortlich sein und darauf achten, dass du stets richtig gekleidet, vollständig enthaart, gecremt und angenehm parfümiert bist, alles zu unserem Vergnügen. Und sie wird dich jeden Tag mehrfach bis kurz vor deinen Höhepunkt bringen, wann und wo, das entscheidet sie. Wie du mir bereits sagtest, bemühst du dich selbst, mehr und mehr auf deinen Orgasmus zu verzichten. Dir wird dann nur noch dieser eine Tag im Monat zustehen, und natürlich die Augenblicke, wenn ich es ausdrücklich von dir verlange. Aber um es gleich ganz offen zu sagen: Vielleicht werde ich mich auf die Momente beschränken, bei denen du von mir geschwängert wirst, schließlich hast du ja schon deine Höhepunkte bei Alina. Bist du bereit, dich von Alina in der von mir beschriebenen Weise führen zu lassen?«

Kiaras Seufzer wurden immer länger, denn Mark hatte längst wieder die Stimulierung ihrer Schamlippen und Klitoris aufgenommen. Unaufhaltsam kam sie ihrem Höhepunkt näher. Für die von Li-Ying vermittelten Techniken war sie durch die ihr vorher zugefügten Schmerzen nun viel zu sehr geschwächt.

»Vielleicht sollte ich dir Gelegenheit geben, laut und deutlich zu antworten, damit auch Alina alles mitbekommt.«

EIFERSUCHT

Mark nahm ihr den Knebel ab. Dabei unterbrach er kurzzeitig das teuflische Spiel seiner Hände, was ihr sehr entgegen kam.

»Was ist nun Kiara, bist du mit der neuen Regelung einverstanden?«

Wieviel hätte Kiara dafür gegeben, wenigstens einmal kurz in Alinas Augen blicken zu können. Doch sie musste allein entscheiden, Hilfe konnte sie nicht erwarten. Marks rechte Hand fuhr langsam von hinten nach vorne über ihre Schamlippen, um dann wieder unvermittelt in ihre nasse Spalte einzutauchen. Sein Zeigefinger klopfte an ihre stark geschwollene Klitoris. Kiara stöhnte laut auf, ihre Stimme wurde lauter und heiserer. Ihr Atem ging nun sehr schwer.

»Heißt das ja?«

»Ja, Mark, ich bin einverstanden. Und noch zehn Sekunden, und ich habe unsere Vereinbarung bereits das erste Mal gebrochen.«

Mark ließ schlagartig in seinen Bewegungen nach. Seine Stimme wirkte betont unbefangen und naiv.

»Ach so. Wer kann denn auch ahnen, dass man eine Lesbe so leicht zum Höhepunkt bringen kann? Wenn das so ist, dann lass ich das jetzt hier.«

Er streichelte ihren Nacken und berührte ihn noch einmal sanft mit seinen Lippen. Dann erhob er sich, kam um Kiara herum, rückte sich einen weiteren Stuhl zurecht und nahm direkt vor Alina Platz. Nachdem er ihr ebenfalls den Knebel abgenommen hatte, packte er sie mit einer Hand an ihren Schopf, legte ihr den Kopf ein wenig in den Nacken und umkreiste mit Zeige- und Mittelfinger ihre Lippen.

»Weißt du, Alina, ich habe das folgende Problem. Einerseits möchte ich Kiara weiter erziehen und ausbilden, andererseits fehlt mir momentan die Zeit dazu, du hast es ja eben schon mitbekommen. Und genau da kommst du ins

Spiel. Ich erkläre dir einmal kurz, was ich mir vorstelle, und wenn du glaubst, du könntest das alles für mich tun, dann sag einfach ›Ja‹.

Also ich möchte, dass Kiara nur noch BHs trägt, bei denen ihre Nippel frei zur Geltung kommen. Du wirst passende Modelle für sie aussuchen, die sie vor dir anzuprobieren hat. Bei Strümpfen bevorzuge ich schwarz. Spitze mag ich grundsätzlich gerne, auch Strümpfe mit besticktem Saum. Natürlich benötigt sie dazu die passenden Strumpfgürtelhalter und Schuhe: alles deine Aufgabe. Sie wird in Zukunft – Ausnahmen bestätigen die Regel, he he, diesmal passt der Satz sogar – keinen Slip mehr tragen. Auch dafür trägst du die Verantwortung. Außer auf dem Kopf möchte ich bei ihr nirgendwo mehr ein Härchen sehen. Und du wirst passende Parfüms für sie aussuchen und darauf achten, dass sie sie angemessen verwendet.

Dann soll sie ein Zungenpiercing erhalten. Du wirst mir einen Vorschlag machen, und wenn ich den abgesegnet habe, wirst du die weiteren Schritte veranlassen. Vielleicht kommen später noch ein Bauchnabelpiercing und eine zusätzliche Intimberingung hinzu, zunächst aber bleibt es bei der Zunge. Und wenn ihr euch nicht endlich an einmal getroffene Vereinbarungen haltet, dann verpasse ich euch beiden noch ein Klitorispiercing, he he. Ihr werdet schon sehen, was ihr davon habt.

Du wirst für ihr Erscheinungsbild verantwortlich sein, und ich erwarte auch, dass du sie dabei regelmäßig kontrollierst. Natürlich hast du dann auch das Recht dazu. Beispielsweise könntest du sie in der Öffentlichkeit auffordern, ihren Rock zu heben, um zu schauen, ob noch alles in Ordnung ist. Sie hätte das dann ganz selbstverständlich für dich zu tun, wie sie das jetzt bei mir macht. Aber da ihr euch ja so liebt, gehe ich davon aus, dass du mit deinen Rechten ihr gegenüber verantwortungsvoll umgehst.

EIFERSUCHT

Du darfst sie übrigens auch anderen Frauen zuführen und sie – nach vorheriger Absprache mit mir – in deinem Sinne erziehen. Aber ich denke, du weißt ohnehin besser als ich, was Frauen so alles mit Frauen anstellen können.

Also ungefähr in dem Rahmen würden sich deine Aufgaben bewegen. Traust du dir das zu?«

Mark hatte während seiner Rede den Mittel- und Zeigefinger seiner rechten Hand immer wieder über ihre Lippen kreisen lassen. Nun hielt er inne.

Alina überlegte nicht lange. »Klar Mark, traue ich mir das zu. Und ich würde das sogar ausgesprochen gerne tun. Doch Mark, darf ich eine Frage stellen?«

»Bitte, Alina.«

»Wenn sich Kiara bei euch immer zurückhalten muss und sie sich am Ende nur noch an einem Abend im Monat bei mir so richtig gehen lassen kann, machst du dann nicht erst recht aus ihr eine richtige Lesbe?«

»Kennst du irgendeinen Mann, der etwas gegen Lesbenspiele hat?«

»Was heißt das? Willst du uns dabei zuschauen? Davon war bislang keine Rede!«

»Das brauche ich nicht. Ich kann es mir auch so vorstellen. Ist bestimmt wie im Fernsehen nach null Uhr, nur schlimmer.«

Alina grinste. »Wer weiß? Aber mal im Ernst, Mark, willst du aus Kiara eine Lesbe machen? Zumal du mir eben die Erlaubnis gegeben hast, auch andere Frauen mir ihr rummachen zu lassen.«

»Eigentlich sollte ich hier wieder mit meiner Lieblingsantwort kontern, du weißt schon. Aber ich sehe das nicht so, Alina. Kiara gibt sich mir gerne hin, auch ohne einen Höhepunkt zu haben. Ja und bei dir wäre es doch genau umgekehrt: Du darfst in Zukunft nur noch bei uns Männern kommen. Du hast es ja selbst so gewollt. Dann gleicht sich doch alles wieder aus, oder? Kiara ist hinterher eine Lesbe und du stehst auf Männer. Letztendlich ist mir das ziemlich egal, wer von euch was ist.

Weißt du Alina, ich umgebe mich gerne mit Experten, sowohl beruflich wie privat. Für eure körperliche Fitness ist beispielsweise Klaus verantwortlich. Und die weltweit beste Expertin in Sachen ›Frau‹ bist meines Erachtens du, was lag näher, als dich mit der Sache zu beauftragen?«

Mark grinste dabei über das ganze Gesicht.

»Übrigens. Wie findest du Kiaras neue Frisur?«

»Spitze!«

»Sehe ich auch so. Und weil das so ist, gehst du bitte recht bald zum gleichen Friseur und lässt dich beraten, ob dir so etwas auch steht. Mir würde es gefallen, wenn ihr beiden Hübschen einen ganz ähnlichen gesträhnten Wuschelkopf hättet, damit ich meine Sklavinnen schon von ganz Weitem erkennen kann.

So, und wenn das erledigt ist und mich gleich zwei Shakiras umschwirren, dann erkundige dich bitte, wer in Frankfurt oder Umgebung professionell Bauchtanz unterrichtet. Und da geht ihr dann bitte auch noch einmal die Woche hin, aber kein Gruppenunterricht, sondern nur ihr beide privat. Das ist sicherlich dann insgesamt sehr viel Sport für euch, aber ich glaube das wird euch beiden gut tun. Und mir und anderen auch. Ihr wisst schon, je beweglicher und fitter ihr seid, desto besser kann man euch benutzen. Denn was sind eure vorrangigen Aufgaben?«

»Mark, Kiara und ich sind nur auf der Welt, um euch Vergnügen zu bereiten, oder?«

»Was soll dein Grinsen dabei, Alina? Setz nicht mein momentanes Wohlwollen dir gegenüber aufs Spiel. Aber

EIFERSUCHT

deine Sachaussage war – wenn man dein dämliches Grinsen abzieht – natürlich korrekt. Und du Kiara, lass dein Grinsen ebenfalls sein! So, aber jetzt habe ich noch etwas zu tun, und deshalb schwirrt bitte ab. Es ist ohnehin alles gesagt. Doch warte Kiara, bleib du noch für einen Augenblick hier.«

Mark nahm Kiara ganz zärtlich in seine Arme.

»Liebling, ich glaube das war eben sehr viel für dich. Dennoch hast du dich wirklich sehr tapfer gehalten. Ich würde mir wünschen, du könntest diese Nacht bei mir bleiben. Doch leider muss ich sehr früh raus und jetzt auch noch ein paar Akten studieren. Lass dich stattdessen von Alina ein wenig verwöhnen. Du darfst dabei auch ruhig kommen.«

Kiara stellte sich auf ihre Zehenspitzen und küsste ihn zärtlich auf den Mund.

»Mark, ich habe das von vorhin auch so verstanden.«

»Ja ja, ich weiß was für eine kluge Sklavin und zukünftige Ehefrau ich habe. Auch deshalb liebe ich dich so sehr.«

Er gab ihr noch einen festen Klaps auf den Po. »Nun aber wirklich ab ins Bett mit dir.«

Als Kiara in ihr Zimmer zurückkehrte, wartete Alina bereits am Eingang auf sie. Sie hatte ihre Oberarme unter ihrem Busen verschränkt und wirkte leicht genervt. Kiara liebte es, wenn sie so war. Sie sah in ihrer scheinbaren Verärgerung dann ausgesprochen niedlich aus.

»Kiara, was war denn das eben?«

»Was meinst du, Liebste. Dass du jetzt ganz offiziell meine Aufpasserin bist? Das hast du dir doch, glaube ich, ohnehin schon längst gewünscht.«

»Nein, das davor? Wieso fickt der mich und tut dabei auch noch so, als sei ich seine heimliche Liebe? Lässt mich auch noch kommen, wo du daneben sitzt! Ich dachte schon, gleich macht der mir 'nen Heiratsantrag und nächste Woche geht es ab zu den Mormonen.«

»Liebste, es war nicht so, wie es ausschaute.«

»Ähm, hätte ich das jetzt nicht sagen müssen? Ich wurde doch gefickt und bin dabei gekommen, und du hast es gesehen, oder? Ja und danach ging's doch im gleichen Stil weiter. Soll ich jetzt etwa Marks Hauptfrau werden? Bei offiziellen Einladungen an seiner Seite sitzen? Ich habe so etwas von null Bock darauf, ich kann dir gar nicht sagen wie!«

»Nein Liebste, es ist ganz anders, vertrau mir. Ich habe Mark gebeichtet, ich sei manchmal noch ein wenig eifersüchtig, wenn er mit anderen Frauen herummacht. Nicht bei dir, aber zum Beispiel bei Lorena. So etwas gehört sich natürlich nicht für eine Sklavin, denn die gesteht ihrem Herrn ja alles zu. Prompt wollte er mir wohl zeigen, dass auch du ein Anlass sein könntest. Ist ihm aber nicht gelungen, denn ich weiß ja, dass er dich nicht rumkriegen kann. Bei Lorena bin ich mir dagegen nicht so sicher.

Ja und dass du jetzt für mich verantwortlich bist, zeigt ja auch nur, dass es ihm in erster Linie um mich geht. Er hat zu wenig Zeit, um seine kleine Hure weiter auszubilden, weswegen du das jetzt machen sollst. Es geht aber dabei nicht um dich, sondern um mich. Liebste es ist alles in Ordnung, mach dir keine Gedanken. Und es ist noch etwas anderes in Ordnung: Du darfst mich diese Nacht ganz haben. Außer der Reihe, sozusagen! Komm her, Süße, ich brauch dich jetzt. Der Abend war wirklich sehr sehr anstrengend für mich. Diesmal hat es enorm wehgetan. Sei heute ganz lieb und zärtlich zu mir. Und bring mich dahin, wo du mich haben möchtest.«

PONYGIRLS' DAY

DER SKLAVENTREIBER

Es war ein trüber Samstagmorgen. Mark, Kiara und Alina saßen entspannt am Frühstückstisch und genossen eine letzte Tasse Kaffee. Mark blätterte im Manager Magazin und in verschiedenen Börsenzeitschriften, während sich Kiara durch das Feuilleton der FAZ wühlte. Es war viel zu warm für diese Jahreszeit. Irgendetwas hatte Kiara geritten, mit Mark mal wieder eine kleine Auseinandersetzung anzufangen.

»Wirst du demnächst auch ein paar Sklaven entlassen, wie das jetzt überall so üblich ist?«

»Liebling, ich freue mich, dich nun wach zu sehen. Warum sollte ich euch beide entlassen?«

»Von mir sprach ich nicht. Ich meinte deine Angestellten.«

»Ach du meinst ernsthaft, meine Angestellten wären meine Sklaven?«

»Michelle war der Meinung.«

»Was hat Michelle gesagt? Liebling, bitte vergiss nicht: Michelle ist zwar eine dominante Frau, trotzdem aber noch immer in erster Linie eine Frau. Ihre Aussagen sind also grundsätzlich mit Vorsicht zu genießen.«

»Ich weiß. Darum frage ich dich ja auch höchstpersönlich, wenn du mir erlaubst. Denn nur dann kann ich ganz sicher sein. Aber sie hat gemeint, ich wäre deine Sklavin und Arbeitnehmer wären die Sklaven ihres Arbeitgebers.«

»Gute Idee von Michelle. Ist ausbaufähig. Aber sag einmal, Kleines, bist du heute Morgen irgendwie auf Krawall gebürstet? Kann das sein? Muss ich erst wieder mit der Peitsche wedeln, bevor wir uns vernünftig unterhalten können? Ansonsten kann ich dich beruhigen: Mein Bedarf an Sklavinnen ist gedeckt, zumal ich ja ohnehin kaum noch zu toppen bin.«

»Kaum noch zu toppen? Worin?«

»Nun, Alina ist eine Lesbe, du auch. Und du bist zusätzlich noch eine Feministin, wie du selbst behauptest. Liebling, ich gebe nur das ganz wertfrei wieder, was du mir erzählt hast, nicht dass mir nachher noch irgendetwas unterstellt wird. Zwei Lesben als meine persönlichen Sklavinnen, eine davon Feministin: Mein gesamter Freundeskreis liegt mir zu Füßen.«

»Soll ich dich zum Pascha des Monats in der EMMA vorschlagen?«

»Wer oder was ist EMMA?«

»Das ist eine Zeitschrift, die für Frauen ungefähr das ist, was für dich die Börsenzeitung ist. Sie hat sehr viel für uns erreicht.«

»Und? Hat es dir etwas genützt? Ich musste nur einmal kurz mit den Fingern schnipsen, und schon hatte ich eine erklärte und schreibende Feministin versklavt.«

»Weil es mein freier Wille war.«

»Und was ist im Endeffekt der Unterschied? Meinst du, früher haben die Männer die Frauen unterdrückt und sie zu ihren Sklavinnen erzogen, dann kam die Frauenbewegung, und nun sind die Frauen noch immer Sklavinnen der Männer, diesmal aber, weil es ihr freier Wille ist? Ungefähr so?«

»Und wenn schon. Das wäre doch ein Fortschritt, oder?«

PONYGILRS' DAY

»Stimmt, Liebling, für uns Männer auf jeden Fall. Wir müssten dann kein schlechtes Gewissen mehr haben. Obwohl, wenn ich's mir recht überlege: Hatten wir sowieso nie.

Apropos Frauenbewegung. Die Schwarzer soll irgendwann mal gesagt haben: ›Wenn wir Frauen den Kampf gegen die Pornografie nicht gewinnen, verlieren wir den Kampf um unsere Emanzipation.‹ Jetzt behauptet diese von Schirach, auch so ein Weibchen wie du, wir lebten in einer pornografischen Gesellschaft. Da habt ihr dann wohl auf der ganzen Linie verloren, oder? Es wäre nett, wenn ihr das endlich mal zugeben würdet. Seitdem die Emanzen in unserem Staat das Sagen haben wollen, gibt es immer mehr Pornografie. Vielleicht solltest du auf dem Sommerfest von Joachim vor allen Männern ganz öffentlich deklarieren: ›Männer, wir leben in einer pornografischen Gesellschaft. Die Emanzipation der Frauen ist also gescheitert. Und als Anerkennung unserer Niederlage dürft ihr mich jetzt alle in den Arsch ficken!«‹

»Aber Mark, das geht doch allein schon deshalb nicht, weil ich dieses Jahr nicht auf das Fest von Joachim darf, damit ich nicht versehentlich fremdgeschwängert werde.«

»Kiara, möchtest du mich jetzt wieder mit deiner verqueren Frauenlogik einlullen? Bleib beim Thema, bleib bitte sachlich!«

»Ach diskutierten wir denn bislang sachlich? Ist mir noch gar nicht aufgefallen!«

Marks Augen verengten sich zu Schlitzen, während er mit den Fingern seiner rechten Hand nervös auf der Tischdecke trommelte.

»Mark, gesteht man als Frau seine Niederlage ein, wenn man sich in den Hintern ficken lässt?«

»Na, zumindest ergibst du dich dann. Ist nicht von mir, sondern von Toni Bentley, noch so ein Weibchen. Hat ein ganzes Buch darüber geschrieben, werde ich dir gleich geben. Hochinteressant! Sollten Männer in meiner Position halt gelesen haben. Die Konsequenz daraus ist: Wenn du dich von vielen Männern wahllos in den Arsch ficken lässt, ergibst du dich der gesamten Männerwelt, wie es sich ja auch für dich gehört. Klar?«

»Mark, mal abgesehen von diesem Eingeständnis meiner persönlichen Niederlage oder meinetwegen auch aller Frauen, welches doch nicht öffentlich erfolgen kann, da ich nicht an dem Fest teilnehme: Glaubst du denn auch, dass wir in einer pornografischen Gesellschaft leben? Du hast dich doch eben nur auf irgendeine ›Tussi‹ berufen, um mal deinen sonst üblichen Sprachjargon zu wählen, warum sollte die glaubwürdiger sein als andere Frauen? Ich frage sicherheitshalber noch einmal nach, nicht dass ich hinterher von 50 Männern ...«

»Von mehr als 70!«

»... von mehr als 70 Männern öffentlich von hinten genommen werde, und wir dabei nur mal alle wieder einem Fehlurteil einer Frau aufgesessen sind.«

»Oh, meine Kleine wird spitzfindig. Ob wir regelrecht in einer pornografischen Gesellschaft leben, wo man ständig und überall von Sexualreizen umgeben ist, ansonsten aber sehr viele Menschen ›oversexed and underfucked‹ sind und sexuell kaum noch zum Zuge kommen, weiß ich nicht. Das mag für diese Narzissten gelten, die jeden Abend in irgendwelchen Bars oder Discos herumhängen, mit dem eigentlichen Ziel, sich selbst zu zelebrieren. Du weißt, dafür bin ich viel zu konservativ, zu sehr vom alten Schlage. Ich verdiene mein Geld mit redlicher Arbeit, und da will man dann richtigen Sex. Und zumindest in meinem Kreis sind unsere Sklavinnen mit Sicherheit eins nicht: ›underfucked‹. Natürlich ist es auch mir nicht entgangen, dass Pornografie immer selbstverständlicher und allgegenwärtiger wird. Heute treten doch sogar Pornostars ganz normal in Fernseh-

PONYGILRS' DAY

Talkshows auf, das wäre vor etlichen Jahren noch undenkbar gewesen. Dank eurer Emanzipation können nun Frauen ganz legal ihren Körper vermarkten und als Pornodarstellerin, Stripteasetänzerin oder gar Prostituierte arbeiten und gegebenenfalls viel Geld verdienen. In einer Gesellschaft, in der Frauen in der Regel Mutter und Hausfrau wurden, war das in diesem Ausmaß geradezu undenkbar. Deshalb sorgt eure Emanzipation ganz eindeutig für mehr Pornografie. Folgt man eurer Galionsfigur, dann habt ihr damit den Kampf um eure Emanzipation verloren, und zwar ganz unabhängig davon, ob ich an die anderen Thesen über die pornografische Gesellschaft glaube oder nicht. Und deshalb werden dich im Sommer – sofern Joachims Fest auf einen günstigen Termin fällt – 70 Männer und mehr in den Arsch ficken. Natürlich mit dem vorherigen öffentlichen Eingeständnis deiner Niederlage.«

»Wenn dich das glücklich machen würde ...«

»Mein Gott! Hat jemals zuvor ein Mann in spöttischere Augen geblickt? Die Peitsche wäre bei einem solchen Vergehen ganz unangemessen. Ich werde mir bei Gelegenheit etwas anderes für dich einfallen lassen.«

»Mark, kommt Ellen dann auch wieder zu dem Fest? Die müsste sich dann doch als Feministin gemäß deiner Logik erst recht von euch in den Hintern ficken lassen, oder?«

»Ha ha ha, ja das würde dir vermutlich so gefallen. Ich kann es mir schon lebhaft vorstellen, wie Alina und du euch liebend gerne gleich dreimal hintereinander von allen anwesenden Männern rannehmen lassen würdet, nur um diesem einmaligen Schauspiel beiwohnen zu können. Vermutlich würdet ihr euch sogar dafür auspeitschen lassen oder Eintritt zahlen, ist es nicht so?«

Kiara grinste vor sich hin, sagte aber nichts. Zumindest, was Alina anging lag er genau richtig.

»Mark, ich finde übrigens auch, dass wir in einer pornografischen Gesellschaft leben.«

Mark schaute sie überrascht an.

»Aha. Zum einen ist das prima, wenn du da schon selbst drauf kommst, so kann ich mir alle länglichen Begründungen für deinen öffentlichen Arschfick-Gangbang ja sparen. Zum anderen: Warum glaubst du das?«

»Ach ich habe noch mal ein wenig über das, was ich im Bio-Unterricht in der Schule gelernt habe, nachgedacht. Jetzt wo Frauen und Männer gleichberechtigt sind, womit wollt ihr uns dann noch imponieren?«

»Du meinst, der Porsche zieht nicht mehr?«

»Nein Mark, Frauen hat schon immer weniger der Porsche interessiert, sondern eher das, was ein Mann erreicht hat oder auch darstellt.«

»Sein Geld also.«

»Nenn es meinetwegen Geld, das war bestimmt immer wichtig. Aber jetzt können wir Frauen doch das Gleiche erreichen und auch genauso viel Geld verdienen. Warum sollte eine Frau von der beruflichen Position eines Mannes beeindruckt sein, wenn sie die gleiche innehat?«

»Ja schön, einverstanden, aber was hat das mit Pornografie zu tun?«

»Früher haben wir Frauen uns schön gemacht, damit wir einen möglichst erfolgreichen Mann bekamen, der uns und unsere Kinder ernähren konnte. Die weibliche Erotik war Schönheit, die männliche Geld und Macht. Jetzt ziehen Geld und Macht nicht mehr, weil wir Frauen all das auch haben können. Und damit sind nun auch die Männer gezwungen, sich permanent aufzubrezeln, weil es nur noch darauf ankommt, gut auszusehen, gut zu riechen und all die Sachen, nur noch auf Jugend, Schönheit und Body.«

PONYGILRS' DAY

»Ach jetzt verstehe ich, worauf du hinaus willst. Du meinst also, auch die Männer müssen sich nun bei der Partnersuche in erster Linie darum bemühen, wirkungsvolle erotische Signale auszusenden, so wie das für Frauen oder in der Schwulenszene schon immer der Fall war?«

»Ja, genau. Wunderschöne geile Männer und wunderschöne geile Frauen, doch alle hohl. Und auf jeder Stirn steht geschrieben: ›Nimm mich für heute Abend, denn ich bin ein toller Typ!‹ Und das soll nicht pornografisch sein?«

»Womit du indirekt zugibst, dass ihr schon immer hohl wart. Aber das ist für uns Männer ja nichts Neues.

Liebling, da kannst du durchaus recht haben. Im Prinzip wäre das dann wie bei den Pfauen. Die Männchen machen ein Rad und die Weibchen schauen, wer die meisten und schönsten Augen im Gefieder hat, oder anders ausdrückt, wer sich am schönsten zurechtgemacht hat. Und dieses Männchen wählen sie dann. Aber damit sind sie noch nicht durch, denn nun lassen sich auch die Männchen erst einmal von den Weibchen ein Rad zeigen, und danach wählen sie dann ihr Weibchen aus. Sicherlich wird es oft nicht passen und dann findet halt keiner zusammen und die Pfauen sterben aus. Oversexed and underfucked.

Aber sag mal, bei uns läuft es doch anders. Auch kann ich mich nicht entsinnen, dich in die Gleichberechtigung entlassen zu haben, he he. Möchtest du dich dem allgemeinen gesellschaftlichen Trend entgegenstemmen, oder warum hast du dich auf jemanden wie mich eingelassen, wenn du all das so klar siehst? Warum hast du dir nicht stattdessen einen jugendlichen Selbstdarsteller ausgesucht? Du hättest es doch viel einfacher haben können, du wüsstest bestimmt bis heute noch nicht einmal, wie sich eine Peitsche anfühlt.«

»Mark, du weißt doch, dass ich mir all das, was du mir gibst, gewünscht habe. Aber da war auch noch etwas anderes: diese verdammte Vielfalt, diese Tausenden Optionen und Alternativen, zwischen denen man sich ständig zu entscheiden hat. Gerade für uns Frauen war das Leben früher doch weitestgehend vorgegeben: Man hat sich einen Mann gesucht, geheiratet, und dann ein paar Kinder aufgezogen. Heute muss man für alles selbst sorgen, alles selbst entscheiden, und bevor man sich falsch entscheidet, entscheidet man lieber gar nicht, aus lauter Angst, man könnte sonst noch etwas verpassen. Ist dieser Mann der Richtige, oder vielleicht doch besser der da hinten? Macht es Sinn, dieses zu studieren, oder eher jenes? Sollte man ein paar Jahre in die USA gehen, oder vielleicht nach China? Du hast mir ja nicht nur meine sexuellen Wünsche erfüllt, sondern mein Leben auch viel einfacher gemacht. Im Prinzip hast du ihm die Komplexität und mir die Angst genommen. Denn nun entscheidest du ganz oft, sogar bei Dingen, die eigentlich ganz mein sind, zum Beispiel was ich essen darf. Und wenn du entscheidest, dann kann ich mich nicht falsch entscheiden. Diese ganze Sorge nimmst du mir jetzt ab. Du stellst mir einen Mann vor, und kurze Zeit später werde ich von ihm gefickt. Oder auch nicht. Weil du es willst oder auch nicht willst. Es ist irgendwie komisch, aber seitdem fühle ich mich viel freier. Ich habe auch viel mehr Zeit, mich auf die Themen zu konzentrieren, die mein Ding sind, zum Beispiel meine Essays.«

Mark streichelte ihr zärtlich über die Haare. Er küsste sie noch einmal, dann wendete er sich wieder seiner Börsenzeitschrift zu.

»Aber Mark, was ist nun mit deinen Sklaven-Mitarbeitern? Wirst du demnächst bei dir auch Leute entlassen?«

»Schatz, was ist los mit dir? Wenn du so willst, ja. Ich hatte mir schon überlegt, ob wir dich nicht formal bei uns beschäftigen sollten. Das hätte gleich mehrere Vorteile: Ich würde tatsächlich eine Sklavin beschäftigen und so deinen

PONYGILRS' DAY

Vorstellungen noch mehr genügen. Außerdem hättest du dann einen soliden Elterngeldanspruch.«

»Solide? Ich verdiene mein eigenes Geld. Was wäre das denn für ein Job? Wieder in der ›Kundenbetreuung‹? « Mark knallte seine Zeitschrift auf den Frühstückstisch.

»Liebling! Hat man dir irgendetwas in den Kaffee getan? So, und damit das heute noch was wird mit euch: runter mit eurer Kleidung. Alina, du auch! Holt eure Plateau-Stiefeletten und dann möchte ich für den Rest des Tages außer einem Halsband bei dir Kiara und vielleicht hier und da noch etwas Schmuck nichts mehr an euch sehen! Alina kann meinetwegen auch noch einen ihrer Hüte aufsetzen. Ist das klar?«

Zehn Minuten später waren Kiara und Alina wieder zurück.

»Na bitte, geht doch, sieht doch hübsch aus! Der Hut steht dir übrigens gut, Alina. Und dann setzt euch bitte anständig hin, und zwar so, dass ich jederzeit euer Fötzchen sehen kann.

Aber jetzt noch mal zu dir Kiara. Elterngeld wird für ein Jahr gezahlt, und zwar 67 Prozent auf dein durchschnittliches Nettoeinkommen aus den zwölf Monaten vor der Geburt, allerdings nur bis zu einem Maximum von 1.800 Euro. Der Maximalbetrag steht dir also bei einem durchschnittlichen Nettoeinkommen von 2.700 Euro zu. Verdienst du mit deiner Schreiberei so viel?«

»Nein, Mark, so viel nicht. Aber mir steht das Elterngeld doch nur zu, wenn mein Einkommen wegfällt. Und ich habe nicht vor, meinen Beruf mit der Geburt deines Sohnes an den Nagel zu hängen.«

»Sehr schön, dass du es kapiert hast und mittlerweile selbst von Sohn sprichst. Oder ist das wieder nur so eine verteufelte Taktik? Zuzutrauen wäre dir das. Liebling, du stellst doch für deine Arbeiten sicherlich Rechnungen aus. Warum besprichst du das nicht mit deinen Kunden? Die eine oder andere Rechnung ließe sich doch bestimmt auch anders datieren, oder?«

»Aber Mark, warum ist dir das so wichtig? Das wäre doch irgendwie Betrug. Bestimmt verdienst du auch so schon genug. Und soll das Kind dann auch gleich in eine dieser Krippen, die die von der Leyen jetzt bauen will, nur damit du auch da wieder Geld sparst?«

»In erster Linie geht es mir darum, deinem Bild von mir gerecht zu werden: ein Sklaventreiber, der seine Angestellten quält und ausbeutet und sie dann entlässt. Und wenn sich irgendwo eine weitere Einnahmequelle ergibt, dann nutzt er sie, auch wenn es illegal ist.

Aber jetzt im Ernst: Wieso wäre das Betrug? Du würdest das Geld ja nicht einfach so bekommen, sondern müsstest es dir in der ›Kundenbetreuung‹ hart erarbeiten. Demnächst kommen ein paar Chinesen, die an unseren Produkten interessiert sind. Da könntest du deine Fähigkeiten mal gleich wieder unter Beweis stellen.«

Mark setzte sein spöttischstes Grinsen auf, als er das Wort ›Kundenbetreuung‹ ganz besonders betonte.

»Und zu deinen Krippen: Wie kommst du auf den Quatsch? Ich gebe meinen Sohn doch nicht in irgendeine Kinderkrippe. Zwei ganz reizende Sklavinnen – seine Sklavinnen – werden rund um die Uhr für sein körperliches und seelisches Wohl sorgen. Er soll nicht von euch verwöhnt werden, sondern Liebe, Zuwendung und Körperkontakt erhalten. Alina kann dabei gleich schon mal üben. Vielleicht ist sie ja demnächst auch noch dran.«

Alina schaute ihn mit großen Augen an.

»Heißt das, ich soll danach auch ein Kind von dir bekommen?«

PONYGILRS' DAY

»Nun, ob das von mir sein wird, habe ich noch nicht entschieden. Vielleicht lasse ich dich auch versteigern. Oder ich stelle dich gleich Dr. Feldmann zur Verfügung. Und vorher darf der sich dann noch ein wenig mit dir vergnügen.«

»Mark, ich befürchte, der ist eher an mir interessiert, oder denkst du nicht?«, wandte Kiara ein.

Marks Blick verfinsterte sich.

»Auch gut. Dann mache ich halt Alina das Kind und deine nächsten fünf sind von Dr. Feldmann. Wobei er sich jedes Mal vorher mit dir beschäftigen wird, aber anders als beim letzten Mal. Offenbar willst du es ja nicht anders. Meine Geschäftsfreunde werden deine dann immer gut gefüllten Milchtüten natürlich auch zu schätzen wissen.«

Kiara lächelte nur milde vor sich hin, sagte aber nichts. Ihr war nur zu genau bewusst, dass niemand außer ihm ihr ein Kind machen durfte. Er genoss es, sie als Sexualobjekt mit anderen zu teilen, aber was diesen Punkt anging, war er viel zu besitzergreifend.

»Mark, bekomme ich dann auch dieses Elterngeld?«, wollte Alina wissen.

»Kann schon sein. Aber du müsstest ja ohnehin alles gleich wieder an mich abgeben, da du ja noch deinen Kaufpreis abzustottern hast. Mit einer Fremdschwängerung würde dir das wohl leichter fallen, deshalb überleg's dir gut.« Mark war jetzt richtig in Fahrt gekommen.

»Aber zahl ich den nicht schon ständig als deine Außendienstmitarbeiterin ab? Das meiste müsste doch schon geschafft sein, oder?«

»Alina, fängst du jetzt auch noch an?«

»Entschuldigung Mark, ich wollte dich nicht verärgern. Aber es ist wirklich lustig, euch beiden zuzuhören. Ein wenig färbt euer Stil bei mir langsam ab, war aber keine Absicht.

Mal im Ernst, Mark. Was muss ich für dich tun, damit mein Kind von dir oder Michael ist?«

»Nanu? Warum das?«

»Ach ich weiß nicht. Ich habe Angst, das zu sagen, weil du mir dann böse sein könntest. Und vielleicht bestrafst du dann Kiara wegen mir, und das möchte ich nicht.«

»Alina, bitte! Das ist ein wichtiges Thema. Ich verspreche dir, mir alles ganz unvoreingenommen anzuhören. Und auf Kiara wird das keine Auswirkungen haben.«

»Also Mark, es ist so. Du weißt, dass ich auf Frauen stehe. Das heißt aber nicht, dass mich Männer abstoßen. Vielleicht am Anfang, ja das stimmt. Bei Frauen ist das ganz anders, die mag ich meist sofort, auch deren Körper. Wenn ich mich aber an einen Mann gewöhnt habe, und er mir vertraut ist, und ich ihn mag, dann wird das mit der Zeit anders. Dann genieße ich es sogar, von ihm überall angefasst zu werden und Sex mit ihm zu haben. Ich ertrage es dann nicht einfach nur, weil ich Sklavin bin, sondern ich find es gut. Aber ich muss den Mann wirklich mögen, das überträgt sich nicht auf andere Männer. Ja und weißt du, so ein Kind ist doch was ganz Persönliches. Das wächst in meinem Bauch heran. Und das will ich danach ganz lieb haben. Wie Kiara bin ich deine Sklavin. Ich weiß, was das für mich bedeutet. Trotzdem: Ich wünsche mir, dass das Kind von jemandem ist, von dem ich es gerne bekommen würde, das heißt, einem Mann, den ich mag und mit dem ich gerne Sex habe. Bislang ist das nur bei Michael und dir der Fall.«

Mark lächelte. »Alina, Alina, was soll ich bloß mit dir anstellen? Mit der Peitsche kann ich nicht mehr kommen, das habe ich dem Luder Kiara versprochen. Was lag näher, als eine Lesbe beim Sex hin und wieder etwas härter ranzunehmen? Und nun erfahre ich, dir macht das auch noch Spaß! Was nun?«

PONYGILRS' DAY

»Mark, so schlecht sieht es doch für dich dabei gar nicht aus. Ja klar, ich habe das gespürt, du bist manchmal ganz schön fordernd, da macht man sich als Lesbe schon so seine Gedanken. Aber du gibst mir ja dann meist keine Erlaubnis zu kommen, und das ist für mich ganz schön hart. Ich bin mit den tantrischen und taoistischen Übungen noch lange nicht so weit wie Kiara, und dann muss ich mich ganz dolle konzentrieren, um nicht zu kommen, weil du sonst Kiara für mich bestrafen wirst. Und hinterher bin ich immer für ein paar Stunden innerlich ziemlich aufgewühlt, wenn du weißt, was ich meine, ach natürlich weißt du das! Du kannst dir bestimmt genau vorstellen, was ihr bei uns Mädels mit eurer Taktik so alles anrichtet, und zwar nicht nur für ein paar Stunden, sondern tagelang.

Mark, was kann ich tun, damit mein Kind von dir oder Michael ist? Was verlangst du von mir? Und noch eins, Mark: Ich fände es gut, wenn Kiara nicht wieder etwas für mich aushandelt, sondern wir das untereinander regeln könnten.«

»Du meinst direkt zwischen Herr und Herrin?«

Alina grinste verlegen.

»Alina, es gibt tatsächlich etwas. Ich möchte Kiara zu einem perfekten Ponygirl ausbilden lassen. Ich kenne auch ein Gestüt mit einer Herrin, bei der das möglich wäre. Allerdings müsste ich Kiara dann mindestens für einen Tag, meist aber für ein ganzes Wochenende dort abliefern, manchmal vielleicht sogar für länger. Sie könnte gleich heute anfangen, ist alles schon geregelt. Wie sich nun bereits mehrfach herausgestellt hat, ist es wohl von Vorteil, wenn du sie begleitest, zumal ich nicht die ganze Zeit dabei sein kann. Es würde sich also anbieten, dich zusammen mit ihr auszubilden. Auch Miriam stünde das sehr gut, jedenfalls hat Michael den Wunsch geäußert, da sie doch manchmal noch ganz schön verbockt ist. Wir könnten ihr also dort den letzten Schliff verpassen. Außerdem ist es für eine Sklavin immer gut, wenn sie mal für ein paar Tage in fremde Hände gerät, das verbessert ihre ganze Einstellung und Haltung oft ungemein. Andere sehen doch mehr als man selbst. Nun ist es aber so, dass das Training nicht ganz ohne Peitsche auskommt. Die Peitsche dient jedoch nicht der Bestrafung, sondern dazu, euch anzuspornen und zu korrigieren. Entsprechend niedriger ist das Schmerzniveau. Ich weiß, ich habe Kiara versprochen, dich nicht länger zu züchtigen. Hier hätte die Peitsche aber eine ganz andere Funktion. Sie wäre Bestandteil einer sinnvollen Maßnahme im Rahmen eurer Ausbildung. Isabel – so heißt die Herrin des Gestüts – hätte das Recht, Kiara bei Bedarf einmal etwas strenger zu behandeln, aber nur sie, bei euch würde es bei gelegentlichen Korrekturen bleiben. Wenn du damit einverstanden bist und auch Miriam davon überzeugen kannst – Michael hat es ihr schon einmal angedeutet, ist aber irgendwie auf Granit gestoßen –, dann verspreche ich dir, dass du nur von Michael oder mir oder einem anderen Mann, zu dem du dann genügend Vertrauen hast, geschwängert wirst.«

»Und wie oft soll es den Ponygirls' Day geben?«

Mark und Kiara schmunzelten über Alinas Namensgebung.

»Ich kann es dir nicht sagen. Aber mehr als zehnmal auf keinen Fall, denn ab Herbst wird ja Kiara guter Hoffnung sein, und dann möchte ich ihr solche Anstrengungen nicht mehr zumuten. Erst nachdem sie ihr Kind zur Welt gebracht hat, kann es damit weitergehen.«

»Mark, ich für meinen Teil bin einverstanden. Ich kann dir natürlich keine Zusage für Miriam geben.«

»Weißt du Alina, ich bin Unternehmer. Und als Unternehmer bin ich es gewohnt, Aufgaben an meine Mitarbeiter zu delegieren. Das stärkt deren Persönlichkeit. So möchte ich es auch bei dir halten. Ich erwarte von dir eine Zusage bezüglich Miriam. Wie du das löst, ist deine Sache. Wenn du es nicht schaffst, hast du unsere Vereinbarung gebrochen und mich enttäuscht. Die Konsequenzen wird dann Kiara zu tragen haben. Und du natürlich auch. Dr. Feldmann wird es sicherlich zu schätzen wissen. Endlich trägt ihm jemand ein Kind aus. Also überlege es dir gut. Ich erwarte deine Antwort jetzt!«

Alina schaute betroffen zu Boden. Dann wanderte ihr Blick Rat suchend zu Kiara hinüber, die ihr fast unmerklich und nur mit einem Wimpernschlag zunickte.

»Okay Mark, ich riskiere es. Ich verspreche dir, Miriam davon zu überzeugen, mit uns beiden die Ponygirl-Ausbildung zu machen, und zwar zu den Bedingungen, die du eben genannt hast.«

»Großartig Alina. Ich wusste doch, dass ich mich auf dich verlassen kann.

Ach übrigens: Ich finde, du solltest mit dem ganzen Kinderkram noch etwas warten. Warum machst du nicht erst noch eine Ausbildung? Ich denke, wir drei sollten uns bei Gelegenheit mal zusammensetzen.

Und natürlich wirst du nicht zum Schwängern versteigert. Ich hatte mal eine sehr devote Sklavin, die sich ein Kind wünschte, für die ich aber keine richtigen Gefühle hatte. Was sollte ich tun? Sie wollte ein Kind, ich keins. Und sie war mir eher egal. Sie zu versteigern, wäre eine Möglichkeit gewesen. Ich glaube, sie hätte das sogar ziemlich geil gefunden. Aber dann ist mir klar geworden, dass ich eine richtige Sklavin will, nicht so eine.

Du bist eine richtige Sklavin. Und solange du meine Sklavin bist, macht dir außer mir niemand ein Kind! Bei jemand anderem würde ich dich sofort verstoßen, selbst wenn es sich bei dem Vater um Michael handeln sollte. Aber wie gesagt: Warte damit ruhig noch ein Weilchen.«

»Mark, du bist mir vielleicht einer! Du hast mir Angst gemacht, nur damit ich Miriam für euch Männer klarmache.«

»Alina, dein Versprechen gilt uneingeschränkt! Bitte halte dich an unsere Vereinbarung, sonst bekommt Kiara die Folgen zu spüren!«

Kiaras Handy klingelte. Es war Miriam, die dringend etwas mit Kiara zu besprechen hatte.

»Mark, kann uns Miriam gleich besuchen kommen?«

»Gerne. Sie kann sich ja dann bei euch einreihen.«

»Miriam, kein Problem. Doch wundere dich bitte nicht, wie wir hier rumsitzen.«

Etwa eine halbe Stunde später klingelte es bereits an der Tür. Miriam erschrak, als sie die beiden Frauen unbekleidet am Frühstückstisch sitzen sah.

»Oh, ich glaube, da störe ich wohl gerade. Ich komme besser ein anderes Mal wieder.«

»Nein Miriam, kein Problem. Du kannst dich ganz ungezwungen zu meinen beiden Hübschen setzen, und wenn ich ungezwungen sage, dann meine ich das auch. Die beiden haben bestimmt nichts dagegen. Und wenn du noch nicht gefrühstückt hast: Greif zu, es ist genug für alle da!«

»Du meinst, ich soll mich auch ausziehen?«

»Miriam, ich meine das nicht nur. Als Michaels Freund könnte ich das seiner Sklavin anordnen. Wäre dir das lieber?«

»Michael und ich sind nur befreundet.«

»Das macht keinen Unterschied. Seine Freundinnen sind ganz automatisch meine Sklavinnen! Meinst du, das würde heute noch mal was mit dir?«

»Mist, ich habe wohl keine andere Wahl. Oder ich kann gleich wieder nach Hause fahren.«

»Irrtum Miriam! Du fährst nach Hause, wenn ich es dir erlaube!«

PONYGILRS' DAY

Mark wandte sich wieder seinen Zeitschriften zu. Die Frauen unterhielten sich in der Zwischenzeit über ganz unterschiedliche Themen. Miriam traute sich jedoch nicht, ihr eigentliches Anliegen in seiner Gegenwart vorzutragen.

Nur wenig später war Mark mit seiner morgendlichen Lektüre durch.

»Miriam, komm bitte her. Komm! Schau, ich mache dir ein wenig Platz, und dann setz dich mit auf meinen Stuhl, und zwar so, dass Alina ganz unbehindert deine Titten bewundern kann. Schön!

Sag Kleines, was ist los mit dir? Du wirkst wie neben der Spur. Lass mich mal deine Arme und Hände spüren. Warum bist du so nervös?«

»Ach Mark, es ist irgendwie immer das Gleiche, ich mag schon gar nicht mehr darüber reden. Bestimmt langweile ich euch alle nur damit.«

»Miriam, Kiara ist deine beste Freundin, Alina ihre Lesbenliebe und ich demnächst ihr Ehemann. Damit sind wir ganz automatisch deine Freunde. Mit wem möchtest du dich sonst darüber unterhalten?«

»Mark, ich habe Angst mich zu verlieren. Gestern hat mich Michael wieder ein paar Freunden vorgestellt. Natürlich ist es so gelaufen, wie immer, jedenfalls aus meiner Sicht, du weißt schon. Er hat mir verboten zu kommen, und ich habe das diesmal sogar geschafft. Doch jetzt fühle ich mich wie durch die Mangel gedreht, trotz all der Techniken von Li-Ying. Mark, so kann es doch nicht weitergehen. Außerdem schäme ich mich.«

»Du schämst dich? Wofür?«

Mark fuhr mit seinen kräftigen Händen an der Außenseite ihrer Ober- und Unterarme entlang. Dabei gab er ihr einen Kuss auf ihre Schultern.

»Mark, ich bin gestern Abend wieder von ein paar wildfremden Männern überall angestarrt und angefasst worden. Und danach natürlich auch gefickt, aber das zählt ja schon irgendwie nicht mehr.

Erst war noch alles in Ordnung. Aber kaum hatte mich Michael zu Hause abgesetzt, ging es los. Da saß ich nun und habe mich nur noch geschämt. Ich glaube, ich bin nicht die Richtige für euch.«

»Wieso schämst du dich, wenn dich Männer anstarren und anfassen?«

»Mark, nicht Männer, sondern fremde Männer. Wenn das allerdings in dem Stil so weitergeht, dann bestimmt irgendwann bei allen Männern!«

»Womit wir eine weitere wunderschöne Frau an Alina verloren hätten, was wir natürlich nicht wollen. Du kannst also mit meiner vollen Unterstützung rechnen.

Miriam, kennst du das Matterhorn?«

»Von Bildern her schon. Warum?«

»Nun, da fahren jedes Jahr Millionen Menschen aus aller Herren Länder hin, nur um sich diesen Berg anzuschauen. Und weißt du warum? Weil er so schön ist! Denn Schönheit ist Ausdruck der Herrlichkeit Gottes!«

Kiara lachte laut auf.

»Mark, bist du auf einmal religiös geworden? Glaubte man denn in der Steinzeit schon an Götter oder so?«

»Liebling, auch diese Bemerkung wirst du noch zu spüren bekommen, ich vergesse in der Hinsicht nichts. Und bitte unterbrich mich nicht, wenn ich Miriam bei ihrem Problem helfen möchte. Ihr lasst sie ja stattdessen einfach im Regen stehen. Miriam, auch aus diesem Grund bist du bei uns Männern besser aufgehoben. Aber zurück zu dem, was ich sagen wollte.

PONYGILRS' DAY

So wie beim Matterhorn ist es auch bei euch Frauen und natürlich ganz besonders bei so außerordentlich gelungenen Exemplaren wie Kiara, Alina und dir. Mit etwas Vergleichbarem können wir Männer leider nicht aufwarten.«

Marks Hände kneteten ihre Brüste. Mit seinen Zeigefingern berührte er ganz zärtlich ihre Knospen, die sich daraufhin sofort versteiften.

»Miriam, du bist eine wunderschöne Frau. Dann zeig es auch! Sei eine stolze Frau. Sei eine stolze Sklavin! Wir Männer wollen nur deshalb überall hinschauen und hinfassen, weil ihr so schön seid.

Wie sich allein schon deine Titten anfühlen! Ich könnte den ganzen Tag so weitermachen, ohne dass es mir dabei irgendwann einmal langweilig würde.«

»Ja du Mark. Aber du gehörst ja auch zur Familie, da macht mir das weniger aus.«

»Miriam, das glaubst du doch wohl selber nicht. Stell dir vor, dein vorheriger Freund Paul – so hieß er wohl – hätte einen Bruder, sagen wir mal Peter. Und nun käme Peter zu Besuch und dürfte dir wie selbstverständlich an die Titten gehen. Warum? Weil er zur Familie gehört! Ha ha ha! Miriam, hier spielen ganz andere Dinge eine Rolle.«

»Und welche?«

»Du hast überhaupt kein Problem mit den Männern, sondern mit dir selbst.«

»Aha! Kiara hat mir schon öfter erzählt, du würdest gelegentlich in die Rolle Dr. Freuds schlüpfen. Leider hatte ich bislang noch nicht dieses außerordentliche Vergnügen. Hast du sie damals so rumgekriegt?«

»Bei ihr bedurfte es lediglich eines einmaligen Fingerschnipsens, und schon war sie geliefert.«

»Ich bin dagegen ein vergleichsweise schwieriger Patient, oder?«

»Aber nicht wegen uns Männern, sondern wegen dir selbst, ich sagte es bereits.

Miriam, wir wollen dich zu nichts zwingen, versteh uns da bitte nicht falsch. Sei stolz und sei stark! Michael will dich! Wir alle wollen dich! Und seine Freunde wollen dich! Möglicherweise haben wir dich aber mit deinen Sorgen bislang zu sehr allein gelassen. Das bekommt dir nicht. Dann flüstert dir nämlich sehr bald eine Stimme zu, wir Männer würden dich verderben.«

Mark legte seine rechte Hand knapp unterhalb ihres Bauchnabels ab, massierte ein wenig ihren Venushügel, drückte ihre Schenkel eine Handbreit auseinander und drang dann mit kreisenden und sehr fordernden Bewegungen in ihre Lustgrotte ein.

»Aber da gibt es nichts zu verderben. Kleines, du bist klatschnass da unten. Wie gut, dass wir hier Holzstühle haben, sonst müsste ich gleich erst einmal das Mobiliar zum Trocknen auf die Terrasse stellen.«

Er packte ihre Handgelenke, um sie gleich darauf hinter ihrem Nacken zu verschränken.

»Ja, so ist es schön. Die Achseln einer Frau, der Übergang zu ihren Brüsten, ihre Wehrlosigkeit, wenn man sie ihrer Hände beraubt, das ist alles so wunderbar anzuschauen.

Und das willst du uns vorenthalten? So etwas Schönes gehört praktisch der Allgemeinheit. Wie das Matterhorn!«

Bei seinen letzten Worten rollte Miriam ironisch mit den Augen.

»Miriam, du lässt dich in der Beziehung zu Michael immer noch zu sehr von Gerechtigkeit und Gleichheit leiten. Du fragst dich: ›Wie kann er so etwas von mir verlangen? Ich würde es ja umgekehrt auch nicht von ihm fordern!‹ Michael sieht dich aber als seine Sklavin. Und Sklavin sein heißt: Du machst das, was er von dir verlangt, so gut, wie es dir möglich ist. Und du machst es für ihn, weil du ihn liebst. Er gibt dich einem anderen Mann, und du denkst keine Sekunde daran, was in dessen Kopf wohl vorgehen mag: dass du ein leichtes Mädchen bist, eine Schlampe, ein Fickstück, eine Hure, dass er dich gehabt hat, oder was auch immer. Das interessiert einfach nicht. Das Einzige was zählt ist: Du machst es für Michael, und zwar gerne und aus Liebe. Unser Prinzip ist nicht Gleichheit und Gerechtigkeit, sondern Liebe.

Nun wirst du dich fragen, was Michael denn für dich macht? Ganz einfach, er schenkt dir seine Liebe. Und die drückt er unter anderem genau auf diese Weise aus. Glaub es mir! Wir vergöttern unsere Sklavinnen, denn sie machen uns täglich ein riesengroßes Geschenk.

Schau mal, ich bin ein beruflich erfolgreicher Mann. Ich müsste nur irgendeiner Sekretärin nett zublinzeln, und schon wollte die Babys von mir. Wir würden heiraten, ein Haus auf dem Land haben und bald würde sie darüber klagen, ich käme meist sehr spät nach Hause und vernachlässige sie. Trennung, Zerrüttung, Scheidung, Unterhalt, man kennt es ja.

So etwas will ich nicht. Ich möchte eine Frau haben, der man ein paar Kinder machen kann und die bleibt. Und die auch sonst weiß, was ihre Aufgaben sind.

Schau dir Kiara und mich an. Ich habe dieses Wochenende noch eine ganze Menge Papiere durchzuarbeiten und deshalb nur ganz wenig Zeit für sie. Meine beiden Mädchen werden deshalb eine Ponygirl-Ausbildung in einem mir bekannten Gestüt beginnen. Dort warten eine ganze Menge Prüfungen auf sie, denen sie sich sicherlich sehr gerne stellen werden. Ich weiß, dass Kiara versuchen wird, alles so gut zu machen, wie es ihr möglich ist, und zwar für mich. Und das schweißt uns täglich immer enger zusammen. Aber nicht nur sie und mich, sondern auch Alina und sie, weil die beiden ja die ganze Zeit zusammen sind, was ihnen übrigens sehr gut tut, und was dir wohl fehlt.

Alina, ich denke, ich habe dir den Ball jetzt prächtig vorgelegt, du müsstest eigentlich nur noch einköpfen, oder?«

Alina sprang auf und hockte sich im Fersensitz unmittelbar vor Miriam und Mark hin.

»Miriam, Kiara und ich werden nachher mit unserem Ponygirl-Training beginnen. Komm doch einfach mit. Wir werden bestimmt total viel Spaß zusammen haben. Mit Kiara ist es immer irre lustig, egal was die mit uns machen. Biiiiiiiiittttttte!«

Ihre Hände hatte sie auf Miriams Taille gelegt, während sie gleichzeitig den Bereich um ihren Bauchnabel mit Küssen bedeckte.

»Okay, wenn du mich schon so lieb fragst. Ich wollte sowieso noch mit Kiara reden, und das kann ich sicherlich auch da. Und vorgenommen habe ich mir für das Wochenende auch nichts. Aber ich müsste das noch mit Michael abstimmen.«

»Miriam, lass das mal meine Sorge sein«, wandte Mark ein. »Heißt das nun ›Ja‹? Denn ich müsste dich im Gestüt noch ankündigen.«

»Ja Mark. Michael hat so etwas auch schon mal angedeutet. Bislang war ich strikt dagegen. Aber mit den beiden zusammen werde ich es wohl schaffen. Hoffe ich jedenfalls!«

Alina streckte sich und küsste Miriam direkt auf den Mund. »Danke, Süße.« Es folgten mehrere Küsse auf Miriams Knospen.

Mark runzelte die Stirn.

»Na ja, Alina, ob ich das wirklich werten kann, weiß ich noch nicht so recht. Es war vielleicht ein bisschen sehr leicht.«

»Mark, Vertrag ist Vertrag!«

Kurze Zeit später brachen sie gemeinsam auf, wobei nun auch Miriam und Alina lederne und beringte Halsbänder trugen.

ISABEL

Isabel war eine herrisch wirkende, schlanke Frau mittleren Alters und von ähnlicher Statur wie Kiara und Alina.

»Mark, nett dich mal wieder hier zu sehen. Und du hast drei reizende Grazien mitgebracht, wie ich sehe.«

Nach einer kurzen Begrüßung begann Isabel mit den ersten Instruktionen.

»So und nun zu euch, ihr Lieben. Wie ihr wisst, möchte euch Mark zu Ponygirls ausbilden lassen. Eine kluge und weise Entscheidung, denn ein gut erzogenes Ponygirl ist etwas Wunderbares.

Jede von euch bekommt einen Stallburschen zugeordnet, dort drüben warten sie bereits. Nachdem sie euch das Geschirr mit Trense angelegt haben, könnt ihr euch nur noch schlecht akustisch bemerkbar machen. Falls irgendetwas nicht stimmt, tretet oder scharrt einfach mit den Hufen, vielleicht ungefähr so.«

Isabel trat mit ihrem rechten Fuß mehrfach fest auf den Boden.

»Zuerst geleiten euch die Stallburschen auf euer Zimmer. Richtige Ponygirls schlafen im Stall auf Stroh, aber das möchte ich euch zurzeit noch nicht zumuten. Im Souterrain des Gutshauses haben wir einen stallähnlichen Raum eingerichtet, wo ihr die Nacht auf Strohmatratzen verbringt.

Es werden kleine, mit Wasser gefüllte Holzbottiche bereitstehen, aus denen ihr euren Durst stillen könnt. Am Abend nehmen wir gemeinsam eine Speise ein. Ab da lauft ihr stets unbekleidet und frei von Geschirr und Pferdeschuhen herum. Allerdings dürft ihr eure Plateaustiefeletten anbehalten.

Welche Schuhgröße habt ihr eigentlich?«

Kiara und Alina hatten 37, Miriam 38.

»Schön. Die Pferdestiefelchen bekommt ihr gleich auf eurem Zimmer. Das sind sehr hochhackige schwarze Stiefel, die fast bis an die Knie gehen und auf der ganzen Länge geschnürt werden. Ihr setzt euch einfach hin, und den Rest machen die Stallburschen. Aber spreizt dabei schön eure Schenkelchen, die wollen ja schließlich auch was von euch haben.«

Miriam schaute bei den letzten Worten Isabels ein wenig betreten drein.

»Miriam, du ganz besonders. Bei den beiden anderen mache ich mir weniger Sorgen, denn da achtet ja bereits Alina auf alles. Bei dir prüft der Stalljunge zusätzlich, ob du auch gründlich rasiert bist. Eventuell verpasst er dir noch eine Nachrasur.

Wenn alles erledigt ist, setzen sie euch noch einen hübschen Pferdeschweif ein, der an einem Anal-Plug hängt. Du, Miriam, bist sicherlich noch nicht so weit, sodass du stattdessen einen kleinen Gürtel mit Schweif bekommst.«

»Könnte ich das nicht wie Kiara und Alina versuchen?«

»Gerne, Miriam, umso besser! Wir probieren es einfach mal, und wenn du den Schweif dann nicht halten kannst, machen wir es doch mit dem Gürtel.

Nach der Ankleide werdet ihr am Geschirr in einen kreisrunden, mit Sägemehl ausgelegten Stall geführt. Dort

PONYGILRS' DAY

beginnt dann die Longierarbeit. Jeder Bursche bildet mit seinem Pony einen eigenen Longierzirkel, also einen Kreis. Mit der linken Hand lässt er das Pony an der am Geschirr befestigten Longierleine gegen den Uhrzeigersinn gehen, und zwar zunächst im sogenannten Horse Step. Mit der rechten Hand betätigt er hinter seinem Pferdchen die Longierpeitsche, sodass es stets fleißig nach vorne wandert. Bitte achtet darauf, dass eure Longierleine immer Spannung hat. Ihr lauft also nicht zu weit nach außen und auch nicht in den Kreis hinein. Ich werde mir das Ganze sehr genau ansehen und gegebenenfalls ein wenig mit meiner Peitsche nachhelfen, bei dir Kiara hin und wieder auch etwas gründlicher. Mark erzählte nämlich, du seist für gewöhnlich eine sehr störrische Stute und hättest das unbedingt nötig. Nun, an mir soll's nicht liegen.

Heute und morgen üben wir im Rahmen der Longierarbeit ausschließlich den Horse Step, alle anderen Schritttechniken kommen erst in den nächsten Trainingsstunden dran.

Beim Horse Step bemüht ihr euch stets um eine sehr aufrechte Haltung, schließlich sollt ihr wie stolze Pferdchen ausschauen. Man will euch ja schließlich auch einmal vorführen können, nicht wahr Mark? Aber auch eure hohen Pferdestiefelchen zwingen euch schon ein wenig in die richtige Haltung. Ihr zieht eure Knie abwechselnd so weit an, dass sie euch bis fast an die Titten gehen. Die Unterschenkel bleiben dabei stets ganz senkrecht. Wir üben also keinen Stechschritt, denn ihr seid keine Soldatinnen, sondern kleine Pferdchen, ihr Hübschen!

Normalerweise bekommen meine Ponys zur Belohnung immer mal wieder ein Zuckerstückchen zugesteckt. Mark lehnt das aber ab. Ihr werdet euch zwischendurch also mit ein paar Schlucken Wasser zufriedengeben müssen.

Sonst noch Fragen? Keine? Schön, dann lasst uns endlich beginnen!«

Die Sklavinnen benötigten etwas mehr als eine Stunde, bis sie sich mit der für sie noch ungewohnten Gangart vertraut gemacht hatten und die ersten Fortschritte zu erkennen waren. Lediglich bei Miriam gab es irgendwann unerwartete Schwierigkeiten.

»Halt!« Isabels Stimme schrillte über den Platz. Dann kam sie langsam und majestätischen Schrittes auf Miriam zu und tätschelte ihren Hals.

»Was ist los mit dir, Pferdchen? Du wirkst plötzlich völlig verkrampft.«

Miriam stampfte mit ihrem Fuß auf. Isabel nahm ihr daraufhin die Trense ab.

»Ich muss mal ganz dringend.«

»Ach so, das ist ja dann kein Wunder.«

Isabel wandte sich dem Stallburschen zu.

»Führe sie hinüber zum Stroh. Dort kann sie es laufen lassen.«

Der Stallbursche wartete zwei Minuten, doch es passierte nichts. Wieder schritt Isabel auf sie zu.

»Nun werde ich langsam ungeduldig. Mich juckt schon fast meine Peitschenhand. Erst musst du angeblich dringend, und dann passiert nichts. Was ist los mit dir?«

»Ich kann das nicht, hier so vor allen.«

»Okay, dann müssen wir es anders machen.«

Isabel wies den Stallburschen an, ihr das restliche Geschirr abzunehmen und sie an einen in der Nähe befindlichen kastenförmigen Holzpflock anzubinden. Dazu hatte sich Miriam hinzuknien und ihre Füße seitlich des Pflocks aufzustellen, sodass ihre Fußfesseln dort mit Schlaufen befestigt werden konnten. Anschließend musste sie ihre Arme nach hinten strecken, woraufhin auch ihre Handgelenke durch Schlaufen geführt und am Pflock

PONYGILRS' DAY

festgemacht wurden. Zusätzliche Ledergurte banden ihre Oberarme noch ein Stück enger zusammen.

Miriam hing nun völlig wehrlos und leicht nach vorne gebeugt am Pflock, wobei sie ihre Brüste aufgrund der Position ihrer Arme besonders weit herausstreckte. Der Stalljunge legte einen Strohballen zwischen ihre Knie und bedeutete ihr durch einen festen Klaps auf den Po, es nun endlich laufen zu lassen.

Doch es passierte weiterhin nichts. Nun ging der Stalljunge vor ihr in die Hocke, tätschelte ihren Hals und redete beruhigend auf sie ein.

»Ja, Brrrrrrr, Brrrrrr, sei ein gutes Pferdchen.«

Sodann streichelte und teilte er ihre Schamlippen, wobei er erneut beruhigend auf sie einredete. Mehrmals drang er mit seinen Fingern tief in ihre Spalte ein.

»Ja, komm, komm, sei ein gutes Pferdchen.«

Endlich gab Miriam ihren inneren Widerstand auf, und es floss aus ihr in Strömen.

Isabel war zufrieden.

»Sehr schön. Letztendlich bekommt man jedes Pony dazu.«

Dann zu ihrem Stallburschen gewandt:

»Hast du gut macht. Dafür hast du dir eine Belohnung verdient. Fick sie in den Mund.«

Nur wenige Minuten später ergoss er seinen Samen in Miriams Schlund, den diese folgsam schluckte. Sodann rollte er einen dicken Wasserschlauch herbei, mit dem er das wehrlose Pony von oben bis unten abspritzte und reinigte.

Miriam fror und schüttelte sich vor Kälte. Auf ihrer Haut zeichnete sich eine feine Gänsehaut ab. Mark beobachtete den Vorgang mit zunehmender Genugtuung.

»Na das ist ja vielleicht ein reizender Anblick. Kommt, hängt Miriam wieder ab und reibt sie trocken. Und dann nehmt stattdessen meine beiden Mädchen. Dieses Vergnügen werde ich mir nun wirklich nicht entgehen lassen!«

Wenige Augenblicke später waren Marks Sklavinnen kaum einen halben Meter voneinander entfernt mit ihren Armen und Beinen an Holzpflöcke angebunden. Man hatte ihnen lediglich ihre Pferdeschweifchen gelassen.

»Alina, weißt du, was für mich als junger Mann immer das größte Vergnügen überhaupt war?«

»Nein Mark. Aber du wirst es mir bestimmt gleich sagen.«

»In der Sonne brutzelnde Mädchen ins Schwimmbecken werfen oder unter die eiskalte Dusche zerren. Allein schon ihr Gekreische dabei ...«

»Ach du warst auch einer von denen. Hätte ich mir eigentlich denken können.«

»Wieso? Haben sie das mit dir auch gemacht?«

»Nicht nur einmal, Mark. Und ich habe sie dafür gehasst. Damals begann alles. Seitdem bin ich Lesbe.«

»Oh, da freut sich aber jemand bereits sehr auf das, was gleich kommen wird. Anders wird man solche Äußerungen kaum interpretieren können.«

Mark richtete den eiskalten Wasserstrahl des dicken, der Pferdereinigung dienenden Schlauches auf seine beiden Sklavinnen. Den Stalljungen rief er dabei zu:

»Kommt! Füllt die Eimer mit kaltem Wasser und kippt sie in einem Schwung über unsere beiden Pferdchen aus. Und dann gleich noch einmal. Sind ganz schmutzig und verschwitzt von ihrer Galoppiererei.«

Die beiden Frauen kreischten auf. Man hätte ihr Geschrei auch noch im Nachbarort vernehmen können.

PONYGILRS' DAY

»Wie macht ein Pferdchen? He? Ich will hier nur echtes Gewieher hören, sonst gibt es gleich was mit der Peitsche!«

Kiara und Alina bemühten sich, ihre Laute entsprechend anzupassen, was ihnen aber nicht immer gelang. Mit jeder zusätzlichen Wasserladung bibberten sie immer mehr. Kiara klapperte sogar schon mit den Zähnen.

»Wie sieht es eigentlich bei euch beiden aus? Müsstet ihr nicht längst auch mal?«

Kiaras Körper befand sich nun insgesamt in einer rhythmischen Bewegung, die Mark als Zustimmung wertete. Vielleicht hatte sie ja tatsächlich ein wenig mit dem Kopf genickt.

»Okay, legt etwas Stroh zwischen ihre Schenkel. Und dann helft nach, wenn es nicht gleich bei ihnen kommt.«

Die beiden Stallburschen taten, wie ihnen befohlen war. Kaum hatten sich ihre Finger zwischen den Schamlippen der beiden Sklavinnen vergraben, floss es auch schon in Strömen, zunächst über ihre Hände und von dort in kleineren Bächlein an den Innenschenkeln der Frauen entlang.

»Na ihr seid mir ja wer! Kaum hat man euch sauber gespritzt, macht ihr euch wieder schmutzig. Meint ihr, ich mache das hier nur zum Vergnügen? Kommt Jungs, räumt das Stroh weg und füllt die Eimer wieder auf.«

Einmal mehr mussten Kiara und Alina die volle Reinigungsprozedur über sich ergehen lassen. Dann hockte sich Mark zwischen sie, legte jeweils eine Hand an eine ihrer Wangen und umkreiste mit den Daumen ihre Lippen.

»Ach ihr Ärmsten, ihr bibbert euch ja vielleicht was zusammen. Tz tz tz. Kommt her, ihr beiden Süßen.«

Und mit diesen Worten gab er ihnen jeweils einen Kuss auf den Mund.

»Jungs, den beiden Pferdchen ist kalt, sie brauchen ein bisschen Wärme. Schiebt ihnen eure Schwänze in den Mund und lasst sie euch aussaugen. Oder besser noch: Fickt sie in den Mund. Ich hole mir derweil eine Paddelpeitsche und mache ihnen ein wenig Feuer unterm Hintern. Mädels, je schneller ihr sie so weit habt, desto weniger müsst ihr bibbern. Strengt euch also an! Ist nur in eurem eigenen Interesse.«

Mark schaute dem Treiben der Stalljungen aufmerksam zu, während er seine Peitsche immer wieder in seinen Händen zum Knallen brachte.

»Ein bisschen fester, wenn ich bitten darf. Den beiden Pferdchen ist kalt! Seht ihr das nicht?«

Es dauerte nur wenige Minuten, da ergossen sich die beiden Männer in den ovalförmig geöffneten Mündern der beiden Sklavinnen, deren Hintern dabei abwechselnd von Mark gezüchtigt wurden. Ein wenig Sperma blieb an ihren Unterlippen hängen, von wo es nun langsam an ihren Hälsen hinunterlief und dann zu Boden tropfte.

»Und wieder schmutzig! Ihr wollt es scheinbar nicht lernen. Schon kommt die nächste Dusche!«

Mark richtete den Schlauch erneut auf seine beiden Sklavinnen und spritzte sie von oben bis unten ab, während sich gleichzeitig mehrere Eimer Wasser über sie entleerten.

»Ich kann euch gar nicht sagen, wie süß ihr jetzt ausseht. Überall diese Wassertropfen auf eurer Gänsehaut. Und dann diese ganze Bibberei. Einfach nur entzückend! Aber ich denke, es ist auch jetzt genug, und wir sollten euch mal aus eurer misslichen Lage befreien.«

Die beiden Stalljungen lösten ihre Fesseln und halfen ihnen, sich aufzurichten. Den beiden Frauen war so kalt, dass sie kaum selbstständig stehen konnten.

PONYGILRS' DAY

»Okay, ihr Süßen, nun stellt euch direkt gegenüber, schlingt eure Arme um euch, drückt eure Becken aneinander und dann küsst euch leidenschaftlich. So wie ein Liebespaar halt. Seid ihr doch, oder?«

Kiara und Alina drückten sich so fest aneinander, wie sie konnten, nur um der anderen einen Teil der wenigen noch verbliebenen eigenen Körperwärme abzugeben.

»Interessant. Exakt Mund auf Mund. Wer von euch beiden ist eigentlich die Größere? Wie mir scheint keine. Habt ihr euch nach Millimetern ausgesucht, damit ihr im Bett haargenau aufeinander passt, he he?«

Alina versuchte ein paar Worte herauszustammeln: »Mark, wir sind beide genau 1,66.«

»Ist ja niedlich! Da stehen sie, meine beiden Süßen: Lippen auf Lippen, Busen auf Busen und Fotze auf Fotze. Wie angegossen. Und weil das alles so schön ist, hier eine weitere Erfrischung.«

Mark fuhr wieder mit dem Schlauch an ihren Körpern entlang, was seine beiden bibbernden Sklavinnen nur noch fester aneinander schweißen ließ.

»Ein wunderschönes Bild. So stelle ich mir echte Liebe vor. Jungs holt bitte Saunahandtücher, damit ich die beiden Kleinen trocknen kann. Nicht, dass sie sich noch erkälten!«

Mark umwickelte sie mit mehreren großen Saunalaken und massierte ihre Rücken.

»Nur nicht innehalten, ihr kleinen Lesben. Lippen auf Lippen. Los, küsst euch, damit euch wieder warm wird. Und eure Fotzen fester aneinander. Fotze an Fotze! Nur Liebe kann euch jetzt noch helfen. Davon solltet ihr ja eigentlich genug haben. Hört man jedenfalls so.«

Mark legte seine Hände auf ihre Rücken und drückte sie noch ein wenig enger zusammen. Dabei küsste er sie abwechselnd immer wieder.

»Und schön weitermachen. Was gibt es da eigentlich groß zu schauen, Alina? Ah, ich weiß schon, du fragst dich sicherlich, ob ich nicht wieder dabei bin, aus Kiara eine Lesbe zu machen. Nein, liebste Alina, ich habe viel Größeres vor. Gerade habe ich deine Lesbenfreundin vor vielen vielen Peitschenhieben bewahrt. Weißt du, ich habe nämlich das folgende Problem: Du wirst von Mal zu Mal frecher, woraufhin ich immer Kiara bestrafen muss. Warum? Weil ich dir nicht die Peitsche geben darf. Ist alles mit Kiara abgesprochen. Dumm gelaufen könnte man sagen. Ein peitschender Wasserstrahl ist aber keine Peitsche. Du kannst dir gar nicht vorstellen, wie glücklich es mich macht, endlich etwas gefunden zu haben, mit dem ich dich in Zukunft für deine Vergehen bestrafen kann, jedenfalls die kleineren, bei den größeren nützt das leider gar nichts. Mir tat es schon in der Seele weh, mich dann immer an Kiara wenden zu müssen. Solche Holzpflöcke wie hier will ich auch im Keller haben. Und natürlich die passenden Duschen, Schläuche und Wasserbecken dazu! Und dann bist du dran, Süße. Bekommst von mir Tag für Tag das, was damals aus dir 'ne Lesbe gemacht hat. Alles deine Worte, Alina! Ich wiederhole nur!«

Isabel kam auf Mark zu.

»Mark, genau das liebe ich auch so sehr: Etwas mit einer Sklavin anzustellen und ihre körperlichen Reaktionen zu beobachten. Die Macht über sie und ihren Körper zu haben.«

»Isabel, ist es nicht wunderbar? Für mich gibt es nichts Schöneres, als das. Wenn ich nicht den ganzen Tag arbeiten müsste, würde ich kaum etwas anderes tun. Wobei mir persönlich ihre sexuellen Reaktionen den meisten Spaß bereiten, zu sehen, wie sich ihr Köpfchen rötet, wenn sie jemand besteigt, wie sie gegen ihre überschäumenden Lustgefühle ankämpft, wenn einer sie besonders hart rannimmt, wie sie sich dann bemüht, nicht zu kommen, ihr Gesichtsausdruck, das Auf und Ab ihrer Brüste, die kleinen

PONYGILRS' DAY

Schweißperlchen auf ihrem Busen und unter den Achseln. Es ist herrlich, ihr dabei zuzusehen. Wenn sie unmittelbar davor ist, beginnen ihre Lippen ganz leicht zu vibrieren und ihr Blick verliert sich irgendwo im Nirwana. Meist fordere ich sie dann gleich ein bisschen mehr, um es ihr noch schwerer zu machen. Oder ich drücke meine Hand ganz leicht auf ihren verschwitzten Venushügel, um sie zur Aufgabe zu zwingen. Wie sie mich dann flehentlich ansieht! Wie ihr Atem geht! Und dann ihre Nasenspitze ganz kühl wird. Wirklich entzückend. Und all das bewirke ich. Habe sie ganz in meiner Hand! Wenn ich mehr Zeit hätte, würde ich mich mal einen ganzen Tag so mit ihr beschäftigen. Ohne Pause natürlich.«

»Ganz nett kann es übrigens auch sein, ihnen mal für einen Tag das Essen zu verweigern.«

»Oh, das machen wir ohnehin schon. Das tut ihnen sehr gut. Siehst du ihre Haut und ihre Haare. Man muss seine Sklavinnen mal immer wieder hungern lassen. Das lässt sie dann nicht nur wissen, was sie sind, sondern es macht sie auch schöner. Schau dir zum Beispiel Alina an. Auch sie wird seitdem immer reizvoller.«

»Da bin ich ganz deiner Meinung. Auf die freue ich mich schon ganz besonders. Ich kann die Drei doch wie vereinbart über Nacht haben?«

»Natürlich Isabel. Du sollst für deine Mühen ja auch etwas von denen haben.«

»Danke Mark. Ach übrigens, ein wenig beneide dich als Mann.«

»Wieso?«

»Ich habe gehört, du willst Kiara ein Kind machen. Als Mann kannst du mit deinen Sklavinnen etwas anstellen, was mir als Frau verwehrt ist, nämlich sie schwängern.«

»Du kannst es nicht direkt, aber du könntest jemand anderen damit beauftragen, auch das kann recht reizvoll sein. Kennst du Dr. Feldmann? Ich glaube, der sucht ein solches Mädchen. Aber das eigentliche Problem ist ja nicht das Schwängern. Da entsteht doch ein Kind, und wenn man sich auf so etwas einlässt, dann sollte man auch Eltern werden wollen. Das ist ja mein eigentliches Motiv bei der Sache. Natürlich reizt es mich auch, Kiara zu schwängern und zu sehen, wie mein Kind in ihr heranwächst, und was das so alles mit ihr macht, wie ihr vielleicht übel ist, ihre Möpse anschwellen, und das auch noch alles wegen mir. Aber noch mehr freue ich mich auf das Kind selbst. Ich habe mir immer Kinder gewünscht, bislang aber nicht die richtige Frau dafür gefunden. Jetzt habe ich sie, das weiß ich genau!

Bei diesen ganzen Sachen hört der Spaß für mich aber auch sehr schnell auf. Leider gibt es in der Szene mittlerweile zu viele schräge Vögel, die sich ihrer Verantwortung nicht bewusst sind. Irgendwer erzählte mir unlängst, er untersage seiner Sklavin, Verhütungsmittel zu nehmen. Kinder haben die aber nicht. Wenn ich schon nur daran denke, könnte ich die Wände hochgehen. Wer eine Sklavin hat, trägt auch die volle Verantwortung für sie. Eine echte Sklavin wie Kiara ist ein Geschenk des Himmels, das sollte man sich lieber einmal zu viel als zu wenig sagen.«

Man konnte Mark seine innere Erregung ansehen.

»Isabel, ich muss jetzt leider weg. Auf mich wartet zu Hause noch jede Menge Arbeit. Ich denke, du solltest mit ihnen noch eine weitere Runde drehen, das wärmt sie auch wieder auf. Und nachher vergnügst du dich mit ihnen. Wirst du dir eine über Nacht ins Bett holen?«

»Ich dachte das so.«

»Kleiner Tipp. Nimm Kiara oder Alina. Miriam ist noch nicht so weit.«

»Ich hatte sowieso in erster Linie mit Alina geliebäugelt.«

»Gute Wahl, Isabel. Du wirst deine helle Freude an ihr haben. Ist auch ein gescheites Mädchen! Kann ja sein, dass du zwischendurch nur mal ein wenig plaudern möchtest. Aber lass dich nicht provozieren. Ein ganz gerissenes Luder! So, nun muss ich aber wirklich weg.«

Mark verabschiedete sich von Isabel und seinen drei Grazien, indem er überall seine Küsse verteilte. Mit seinem breitesten Grinsen wünschte er ihnen noch eine wunderschöne Zeit auf dem Gestüt.

Isabel ließ die Frauen weitere zwei Stunden trainieren, wobei sie ihre Haltung immer wieder mit der Peitsche korrigierte. Gegen Ende nahmen ihnen die Stalljungen das Geschirr ab, duschten sie noch einmal kalt ab und trockneten ihre Körper. Isabel klinkte eine eiserne Kette in ihre Halsbänder und führte sie dann quer durch den Hof in das benachbarte Gutsgebäude und dort in einen Raum, in dessen Mitte eine Liebeschaukel thronte. An den Wänden befanden sich mehrere Haken, Schlaufen und Schlösser, an denen sie die Ketten befestigte. Dann verschwand sie kurz, um sich umzuziehen. Als sie zurückkehrte, trug sie ein schwarzes Lederkleid, dessen herausstechendstes Merkmal ein aus ihrem Unterleib herausragender und in das Kostüm integrierter sehr großer Umschnalldildo war.

»So ihr Lieben, und nun möchte ich eure Lustschreie hören. Und wehe eine von euch verweigert sich mir!«

Prüfend ging sie die Frauen ab, blieb kurz vor Miriam stehen, fasste ihr in den Schritt, kniff ihr mit den Fingern in ihre Nippel, um sie dann umzudrehen und dabei von hinten mit den Händen an ihrem gesamten Oberkörper entlangzufahren.

»Du bist hübsch gewachsen, Kleine, du gefällst mir. Ich weiß gar nicht, was ihr immer von den Männern wollt. Sind doch viel zu hässlich für euch!«

Sie hatte die Hände wie stützend unter Miriams Brüste gelegt, wobei die Daumen ihre Nippel umkreisten und zärtlich streichelten. Gleichzeitig küsste sie ihren Nacken.

»Wirst du für mich stöhnen und schreien?«

»Isabel, ich bin durch den mir in den letzten Wochen auferlegten Verzicht total aufgeladen. Mit mir wirst du ganz leichtes Spiel haben. Ich komme garantiert sofort.«

»Und wirst du mich dabei ansehen und schreien?«

»Wenn du es möchtest, werde ich sehr laut sein und dich dabei auch ansehen. Weißt du, ich kann es kaum erwarten, endlich mal wieder erlöst zu werden.«

»Ja ja, die Männer. Sie bekommen euch nicht in den Griff, und dann versuchen sie es eben so. Bei mir darfst du nicht nur kommen, Kleines, du wirst es auch, das verspreche ich dir. Du würdest es bei mir viel besser haben, beispielsweise als Gangbang-Stute. Also gut, du bist die Erste. Ich nehme dir die Kette ab, und dann leg dich bitte auf die Schaukel. Dort wirst du anschließend noch fixiert.«

Sie fesselte Miriam so, dass diese wie ein geschlachtetes Tier mit weit gespreizten Armen und Beinen auf der Liebesschaukel zum Liegen kam. Mit einer weiteren Vorrichtung hob und befestigte sie ihren Kopf, sodass Miriam ihren Blick erwidern musste. Sodann machte sie sich auch gleich ans Werk. Wenige Minuten später kam Miriam das erste Mal, wobei sie ausgesprochen laut war. Isabel gelang es in der nächsten halben Stunde noch zwei weitere Male, sie so weit zu bringen.

Danach durfte Miriam seitlich auf einer Holzbank Platz nehmen, während sich Isabel wieder der Begutachtung der noch verbliebenen Sklavinnen widmete.

Nachdem sie Alinas Knospen eine Weile stimuliert hatte, legte sie eine Hand in deren Nacken und zog sie überraschend und jeden Widerstand brechend und missachtend zu sich heran, um ihr einen langen und intensiven Zungenkuss zu geben.

»Süße, du wirst erst diese Nacht mein sein. Jetzt bringt mir das noch nichts. Aber in dieser Nacht wirst du nur für mich kommen und schreien. Und zwar nicht ein-, zwei- oder dreimal wie Miriam, sondern zehnmal oder gar mehr. Erst werde ich dich vernaschen und danach wirst du mich zu meinem Höhepunkt bringen. Komm, setz dich zu Miriam, ich hole dich später ab, ja Süße?«

Alina nickte stumm.

Nun war Kiara an der Reihe. Nachdem sie auf der Liebesschaukel fixiert war, drang Isabel sofort energisch in sie ein. Doch Kiara wehrte sich mit allen ihren Techniken und Kräften. Es vergingen mehr als 20 Minuten, ohne dass Isabel sie in die Nähe ihres Höhepunktes gebracht hätte.

»Kindchen, du bist gut, aber nicht gut genug. Glaub mir, dich kriege ich schon. Es wird wohl besser sein, mich mit deiner Klit einmal direkt zu beschäftigen. Du hast die Wahl, entweder Alina macht das jetzt, und bringt dich bis unmittelbar davor, oder ich behandele deinen Kitzler ganz gezielt mit Elektrogeräten. Dann wirst du zwar heute nicht mehr kommen, dafür aber wunderbar laut schreien. Ganz für mich.«

Alina meldete sich sofort zu Wort.

»Ich mach's.«

»Nein Liebste, das will ich nicht.«

»Sorry Kiara, aber ich habe versprochen, auf dich aufzupassen. Und das tue ich jetzt. Du hast in der Frage kein Mitspracherecht. Isabel, ich mache es!«

»Sehr schön, Alina. Offenbar habe ich für diese Nacht die richtige Wahl getroffen. Ja, dann leg mal los. Und sag Bescheid, wenn du so weit bist!«

Alina kannte Kiaras Körper in- und auswendig, und deshalb hatte sie sie auch bereits nach fünf Minuten in der Nähe ihres Points of no Return. Alina wich einige wenige Schritte zurück, um Isabel und ihrem Umschnalldildo das Feld zu überlassen. Kiara wendete erneut alle ihre Techniken an, doch nach ganz kurzer Zeit musste sie sich ergeben. Laut stöhnend explodierte sie unter den Bewegungen Isabels.

»Warum nicht gleich so, Kindchen? Warum musstest du es mir so schwer machen?«

»Isabel, das hat nichts mit dir zu tun, sondern nur mit einer Vereinbarung zwischen Mark und mir, welche ich gerade eben gebrochen habe. Ich habe ihn damit enttäuscht, und deshalb wird er mich morgen züchtigen. Aber das ist nicht entscheidend. Viel schwerer wiegt: Ich bin selbst enttäuscht. Ich möchte die mir auferlegten Regeln auch einhalten, und zwar ohne Ausnahme. Ich werde Mark bitten, mich morgen etwas intensiver zu züchtigen, als er das für nötig gehalten hätte.

Isabel, du hast mich eben vielleicht als störrisch empfunden. Möglicherweise hast du dir sogar gedacht, ich führe einen Machtkampf mit dir, den du unbedingt gewinnen müsstest. Darum geht es mir aber nicht. Ich bin die Sklavin von Mark und möchte ihn nicht weiter enttäuschen. Ich habe mich schon sehr oft über vorher getroffene Vereinbarungen hinweggesetzt. Mark und ich haben einen längeren gemeinsamen Weg hinter uns, bei dem bestimmte Vereinbarungen mehrfach in meinem Sinne abgeändert wurden. Ich habe jetzt das Gefühl, damit müsse nun endlich Schluss sein. Entweder ich schaffe das, oder die ganzen Regeln zwischen uns machen keinen Sinn, weil sie eh beliebig sind. Verstehst du das?«

»Natürlich verstehe ich das. Und dein Verhalten ehrt dich sehr. Schade, ich habe das eben etwas anders eingeschätzt. Es war mir trotzdem ein Vergnügen, dich so zu hören und zu erleben.

PONYGILRS' DAY

So, nun lasst uns aber gemeinsam speisen. Danach bringe ich euch auf euer Zimmer. Ihr werdet diese Nacht zusammen sein, jedoch mit einer Ausnahme: Gegen elf Uhr hole ich Alina zu mir. Sie schläft diese Nacht bei mir. Und natürlich auch mit mir.

Wenn es euch kalt ist, könnt ihr von meinen Bediensteten weitere Decken bekommen. Aber solange ihr hier seid, dürft ihr keinerlei Kleidung tragen, lediglich eure Halsbänder und Stiefeletten. Vergesst bitte nicht: Ihr seid Ponys.«

Nach dem Abendessen ließen Kiara, Alina und Miriam den vergangenen Tag noch einmal Revue passieren. Dabei schüttete Miriam den anderen ihr Herz aus.

»Alina, wenn die all diese Sachen so wie heute mit mir machen, dann fühle ich mich ganz schrecklich benutzt. Geht dir das nicht so? Zum Beispiel wenn die Männer einfach so nach dir greifen?«

»Nein, nicht unbedingt. Mir hat der heutige Tag sogar sehr viel Spaß bereitet. Meist geht es mir sowieso nur darum, mit Kiara oder zum Beispiel auch dir zusammen zu sein und etwas gemeinsam zu erleben. Was die anderen dabei mit mir anstellen, ist mir mittlerweile eigentlich ziemlich egal, solange sie mich nicht quälen.«

»Miriam, ich sehe das ganz ähnlich wie Alina. Wenn ich weiß, Alina und ich müssen irgendwo gemeinsam hin, dann bin ich schon dabei. Denn dann wird es meist sehr lustig. Obwohl ich auch unabhängig davon viele Sachen ziemlich geil finde. Beispielsweise hat mir heute die Parade als Pony riesengroßen Spaß gemacht, auch wie sie mich dabei alle angeschaut haben. Das hätte ruhig noch etwas länger dauern können. Ich fand, wir drei gaben ausgesprochen schicke Pferdchen ab, oder?

Miriam, du sprichst das mit der Benutzung immer wieder an. Ich verstehe, dass du damit ein riesengroßes Problem hast. Aber du musst dich irgendwann entscheiden. Entweder du genießt die Situationen, findest es schön mit anderen Sklavinnen zusammen zu sein, magst es von anderen genommen und benutzt zu werden, oder das hier ist alles nichts für dich. Wenn du mit deiner bisherigen Werteskala an die Sache herangehst, dann wirst du daran zerbrechen, weil dann alles was sie hier mit dir anstellen wirklich schier unerträglich ist. Wenn du zum Beispiel von dem Stalljungen wie heute angebunden wirst, und er dir in die Möse greift, um dich vor seinen Augen quasi öffentlich zum Pinkeln zu bringen, dabei auf dich beruhigend, wie auf ein Pferdchen einredet, und du dann vielleicht denkst, was ist, wenn ich dem demnächst in der Stadt oder Disco begegne, dann machst du es dir selbst zu schwer. So wirst du damit nicht klarkommen«

»Aber Kiara, denkst du denn so etwas nicht?«

»Nein, als Sklavin muss ich das tun. Es ist meine Aufgabe. Wenn ich daran zweifeln würde, könnte ich nicht Marks Sklavin sein. Außerdem gibt es da noch einen anderen Punkt.«

»Und der wäre?«

»Ich bin die Prinzessin in dem Spiel. Sie wollen mich unterwerfen, weil ich normalerweise über ihnen bin. Und sie wissen das. Und ich weiß, dass sie das wissen. Und sie wissen, dass ich das weiß.

Aber Miriam, war denn die Sache mit dem Stalljungen für dich nur abschreckend und abstoßend, oder auch ein wenig erregend?«

»Es hat mich in dem Moment sogar sehr erregt. Deshalb hatte er ja auch so leichtes Spiel mit seinen Fingern, das ist ja das Blöde. Meine Probleme kommen immer hinterher, dann aber richtig Dicke.«

»Miriam, wenn ich dir einen Rat geben darf: Konzentriere dich einfach auf uns und versuche das, was sie mit dir anstellen, zu genießen. Oder es andernfalls zu ignorieren.

PONYGILRS' DAY

Betrachte die Sache wie eine Schauspielerin: In der Rolle steht: ›Sie zieht sich aus.‹, und dann zieht sie sich aus. Und freut sich später, wenn das möglichst viele Leute gesehen haben.«

Alina mischte sich kurz in das Gespräch ein.

»Miriam, es ist schön, die ganzen Dinge mit dir gemeinsam zu machen. Und hinterher kuscheln wir zusammen, das entschädigt für alles, was die mit uns anstellen. Würde dir das denn nicht gefallen?«

»Alina!«

»Kiara, ich find's immer wieder lustig, euch beiden zuzusehen und zuzuhören. Kann das sein, dass euer Frauenverschleiß bald größer ist als euer Männerverzehr?«

»Nein, nein Miriam, keine Sorge. In Wirklichkeit bin ich ja auch gar nicht sooo scharf auf Frauen. Ich mag sie und berühre sie auch gerne, aber lieben tue ich nun mal nur Alina.

Ich bin nur deshalb mit vielen Frauen zusammen, weil das von mir als Sklavin verlangt wird, und bei den Männern sieht das nicht viel anders aus.

Mir macht der viele Sex schon Spaß, aber im Grunde bin ich treu. Ich käme zum Beispiel nie auf die Idee, eine andere Frau zu verführen. Das müsste die schon tun. Aber dann finde es meist sehr schön.«

»Wie bei Li-Ying, dieser falschen Schlange ...«

»Liebste, Li-Ying ist eine sehr liebe Frau und überhaupt keine falsche Schlange. Wirst du mir bestimmt irgendwann bestätigen, habe ich recht?

Miriam, mir würde auch ein Mann genügen. Na sagen wir zwei. Oder besser drei.«

Kiara und Alina kicherten und lächelten sich an. Dann setzte Kiara das Gespräch fort.

»Sag mal Miriam, ist es für dich vorstellbar, ein bisschen mehr mit uns zu machen?«

»Wie meinst du das?«

»Na ja, ich denke so als gemeinsame Sklavin von Mark und Michael, wobei wir beide Mark gehören und du Michael. Verstehst du?«

»Hat Mark das vorgeschlagen?«

»Nein, es ist meine Idee. Und wenn wir das alle wollen, dann bekommen wir das auch durch. Du weißt schon …«

»Ja ja ja, weiches Wasser und so. Müsste ich dann auch ein Kind bekommen?«

»Ach Miriam, das solltest du besser den Michael fragen. Willst du denn eins?«

»Ich glaube schon. Aber sag mal, warum soll ich den Michael fragen? Ist das nicht irgendwie auch meine Entscheidung?«

»Doch, natürlich Miriam, jedenfalls so, wie euer Verhältnis zurzeit ist.«

»Wie meinst du denn das?«

»Na ja, also ich habe diese Mitsprache jedenfalls nicht, und offengestanden, ich gestehe sie mir auch nicht zu. Das ist für mich Teil meines Sklavinnenkontraktes. Mark und ich haben das zwar nie miteinander besprochen, aber das müssen wir auch nicht, weil es ohnehin zu meinem Selbstverständnis als Sklavin gehört.

Mark hat mir unlängst ein Buch von Toni Bentley in die Hand gedrückt, worin diese behauptet, Arschficken sei für eine emanzipierte Frau der einzige Weg zur Weiblichkeit, weil sie sich dann, auf den Bauch gedreht, den Hintern in die Luft, zwangsläufig ergeben müsse. Du kannst dir sicherlich denken, dass Mark das gefallen hat, zumal es aus der Feder einer Frau stammt.

PONYGILRS' DAY

Für Frauen, die selbst keine Kinder wollen, mag das ja alles so sein, aber ansonsten sehe ich das etwas anders. Für mich ist die ultimative Form der Unterwerfung von einem Mann ein Kind gemacht zu bekommen. Und zwar dann, wenn er es will, und auch so oft er will.

Weißt du, er tut dir ja in dem Moment wirklich etwas an, und zwar mit seiner ganzen Macht: Dein Bauch schwillt an, deine Brüste auch, du wirst schwerfällig, bekommst Kreislaufstörungen, dir wird übel. Du wirst ein anderer Mensch, wirst regelrecht hilflos. Er nimmt dich, und dann trägst du sein Kind aus. Klar, dass Feministinnen da schon immer was gegen haben mussten. Steht auch so in ganz vielen Büchern drin, die ich damals an der Uni gelesen habe.

Eine Zeit lang habe ich sogar davon geträumt, er würde mich an irgendeinen Mann verkaufen, und dann müsste ich das Kind von dem austragen. Aber mittlerweile bin ich doch sehr froh darüber, dass er in der Hinsicht sehr besitzergreifend ist, und alle meine Kinder von ihm sein werden.«

»Alle Kinder? Wie viele sollen es denn werden?«

»Darüber haben Mark und ich auch schon gesprochen. Er meinte, wir sollten bei zwei aufhören, es sei denn, wir hätten bis dahin nur Mädchen. Ehrlich gesagt, das beruhigt mich schon ein wenig, weil mir dann noch genug Freiraum für meine Schreiberei bleibt. Und natürlich für seine Gelüste.

Doch noch einmal zurück zu dir, Miriam. Ich kann mir genau vorstellen, was momentan in dir vorgeht. Vermutlich denkst du, der Stalljunge wird heute in der Disco bei seinen Freunden damit prahlen, diese Tussi hätte nicht vor ihm pissen wollen, woraufhin er ihr in die Möse gegriffen habe und ›dann hat die Alte es doch gemacht‹.«

»Ja, so ungefähr jedenfalls.«

»Miriam, das spielt für mich alles keine Rolle. Du wirst es nicht glauben, aber meist fühle ich mich dadurch sogar eher geehrt. Für mich hat all das sehr viel damit zu tun, dass wir Kinder kriegen können, und die Männer nicht. Darum geht es doch bei diesen ganzen Unterwerfungen, sonst machte das doch kaum einen Sinn.

Schau mal, Mark hat momentan wenig Zeit, der steht beruflich total unter Stress. Ich weiß nicht genau warum, aber möglicherweise will er einen größeren Auftrag an Land ziehen oder irgendeine Kooperation eingehen. Dennoch macht er sich ganz viele Gedanken um mich, eigentlich viel mehr, als ich mir umgekehrt um ihn. Deswegen ja auch dieses Wochenende. Das alles hier dient doch ganz wesentlich meiner Unterwerfung, und die hat ganz viel mit Schwängerung zu tun. Wenn mir ein Stalljunge bei unserem Ponygirl-Training in die Muschi greift, dann bedeutet er mir damit seinen Wunsch, mich zu schwängern. Weil er das aber nicht kann und darf, demonstriert er mir auf andere Weise seine Überlegenheit. In Wirklichkeit fühlt er sich jedoch unterlegen. Ich bin das Wertvolle, diejenige, die Kinder bekommen kann, nicht er. Ich bin die Prinzessin, und nur um die geht's. Wäre es nicht so, würde dieser ganze Unterwerfungskram doch überhaupt keinen Sinn machen. Und dann wäre da nicht ständig Sex dabei. Denn ganz gleich wie ich dominiert oder gar gequält werde, am Ende passiert doch immer wieder eins: Ich werde gefickt.

Ich bin mir mittlerweile sogar recht sicher, dass dies auch meine Hauptmotivation war, als ich damals auf die Anzeige von Mark geantwortet habe. Sich einem Mann ganz auszuliefern, und zwar jeden Tag, das ist so, wie jeden Tag von ihm geschwängert zu werden oder von ihm schwanger zu sein. Als es noch keine Pille gab, war es doch ohnehin so: Der Mann schlief mit seiner Frau und dies konnte Folgen haben. Sie hatte sich ihm zu ergeben. Mit der Hochzeit erwarb er das Recht, mit ihr beliebig häufig Sex zu haben, das heißt, sie zu schwängern. Heute nehmen wir Frauen die Pille und können somit all dies verhindern. Also möchten sich einige von uns auf andere Weise unterwerfen. Lies zum

Beispiel das Buch von Eva B. Kaum hat sie ihre Kinder groß gemacht, wird sie plötzlich Masochistin.

Ich habe darüber einmal ein sehr interessantes Gespräch mit Lorena geführt. Sie meinte damals, wenn ich schwanger bin, wird Mark mich wie mit Samtpfötchen anfassen. Und danach bekäme ich sündiges und allzeit bereites und verfügbares Weib wieder die Peitsche. Als wenn die beiden Dinge austauschbar wären. Man bemächtigt sich meiner auf die eine oder andere Weise. Und beides erregt mich.

Unlängst sprachen Mark und ich über Eifersucht. Natürlich wollte er gleich wissen, ob ich eifersüchtig wäre, wenn er mit einer anderen zusammen ist. Ja, manchmal bin ich das, und das habe ich ihm auch gestanden. Prompt hat er Alina vor meinen Augen so richtig nach Strich und Faden vernascht, als wenn sie seine Ehefrau oder heimliche Geliebte wäre. Sie durfte sogar mehrfach bei ihm kommen. Und ständig hat er ihr nette Dinge ins Ohr geflüstert.«

»Hat dich das nicht verletzt?«

»Nein, denn mir war von der ersten Sekunde an klar, worum es dabei ging. Es sollte mal wieder ein Ausdruck seiner Dominanz und meiner Unterwerfung sein. In Wirklichkeit hat er dabei aber nur an mich gedacht. Er hatte vor meinen Augen Sex mit Alina, als sei er in sie unsterblich verliebt, doch seine Handlungen galten mir. Ein paar Mal hat er sie dabei zu einem Höhepunkt aufgefordert und ist dann auch zusammen mir ihr gekommen, doch alles nur wegen mir. Alina war in dem Moment meine Stellvertreterin: Er gewährte ihr etwas, was er mir verwehrt.

Dieser wirklich sehr starke und dominante Mann schlief mit meiner wunderschönen Geliebten, als wenn sie seine Geliebte wäre, und das alles nur, um mich mal wieder zu unterwerfen, das heißt, zu schwängern. Im Prinzip hat er mir damit einmal mehr seine Liebe gestanden und bewiesen. Es sah wie eine Demütigung aus, in Wirklichkeit war es ein Liebesbeweis.

So ähnlich ist das auch mit der Peitsche. Miriam, ich weiß, das kannst du nicht verstehen. Aber für mich ist die in unserer Beziehung wichtig. Klar, ich will nicht von jedem gezüchtigt werden, das verletzt mich, dann spüre ich auch die Schmerzen viel intensiver. Aber wenn Mark mich packt, mir befiehlt mich auszuziehen, woraufhin ich ganz nackt und ausgeliefert vor ihm stehe, er mich prüfend anblickt und bald hinter sich herzieht, und ich genau weiß, gleich wird er mir was tun, mich züchtigen, mir Schmerzen zufügen, dann ist das für mich wie ein Akt der Liebe. In den Momenten fühle ich mich besonders lebendig, ganz besonders Weib. Es ist, als wenn er mir sagen wollte: ›Hey, ich werde dir ein Kind machen. Und es wird dir wehtun. Du wirst die Wehen bekommen und dann den Geburtsschmerz. Hier hast du einen Vorgeschmack auf das, was ich dir noch antun werde, und zwar weil ich dich liebe.‹ Gerade unter seinen Peitschenhieben fühle ich mich ihm ganz besonders verbunden, und ich denke, er empfindet dies genauso. Er ist dann ganz bei mir, nur noch er und ich. Ich gebe mich ihm vollständig hin. In diesen Momenten sind wir wirklich vereint.

Und deshalb ist es mir auch so wichtig, Dinge für ihn zu tun, die er gar nicht verlangt hat. Ich glaube, unser Verhältnis würde sonst zu einseitig, weil immer nur er sich Gedanken macht. Mein Ziel ist es, wirklich nur noch dann zu kommen, wenn er es ausdrücklich erlaubt, oder noch besser, verlangt, und am liebsten nur noch bei Alina, ihm und Michael. Ganz so weit bin ich leider noch nicht. Das eben mit Isabel war ein Rückschlag, aber ich arbeite daran. Und wenn es mir am Ende gelingen sollte, dann erwiese ich ihm damit meine ganz besondere Wertschätzung, meine Liebe zu ihm. Ja, das wünsche ich mir sehr.

Weißt du, es ist mir fast peinlich, das zu sagen, du kennst ja unsere Diskussionen über die Rolle der Frauen, über die Emanzipation und so. Und ich wundere mich selbst über mich, so komisch kommt mir das manchmal alles vor.

PONYGILRS' DAY

Wenn zwei Leute heiraten, dann schwören sie sich ewige Treue. Keiner darf mehr Sex mit jemand anderem haben. Bei uns ist das ganz anders. Da muss ich täglich Sex mit anderen Männern haben. Aber jetzt kommt die eigentliche Schwierigkeit: Ich möchte den Männern wirklich alles von mir geben, mich in keinster Weise zurücknehmen, ihnen nichts vorenthalten, außer meinen Höhepunkt. Es ist wie eine Beschneidung, die aber Mark nach seinem Belieben jederzeit an- und abstellen kann. Ich möchte darin perfekt werden, er soll entscheiden, wann es passiert und wann nicht. Wenn ich das schaffe, dann ist das viel mehr als bloße eheliche Treue, dann beweise ich ihm meine Verbundenheit selbst dann, wenn ich gerade von zehn Männern reihum durchgefickt werde. So, und nun lass mich das einmal unseren Freundinnen und Mitstreiterinnen damals an der Uni erzählen.«

Miriam grinste sie an.

»Ja ja, die meisten Frauen aus unserem damaligen Kreis würden dich wohl spätestens jetzt auf der Stelle auf den Mond schießen, und zwar auf die Rückseite, und wenn sie alles von mir wüssten, mich gleich dazu, hoffentlich nur auf die Vorderseite. Obwohl, man weiß es nicht. Vielleicht fänden einige deine Sachen sogar schon wieder cool, würden dich gar als neue Jeanne D'arc der weiblichen Hingabe feiern – okay, Liebes, ich höre sofort auf –, würden dir heimlich gestehen, schon von ganz ähnlichen Dingen geträumt zu haben. Ich kann mir durchaus vorstellen, die meisten von denen hätten viel eher ein Problem mit Apfelkuchen-Eva als mit deiner Love-Story. Denk doch mal an Yvonne. Glaubst du wirklich, die würde dir das verübeln?«

»Ach ja Yvonne, die Süße. Da magst du recht haben. Obwohl, stand die nicht mehr auf Frauen?«

»Ist das nicht egal, ob du am Ende all die Sachen für einen Mann oder eine Frau machst?«

»Für eine politisch korrekte Feministin bestimmt nicht.«

Miriam lachte laut auf. Dann gab sie Kiara einen Kuss auf den Mund und streichelte ihr durchs Haar.

»Liebes, auch wenn ich vieles noch immer nicht ganz nachvollziehen kann und vermutlich auch nie werde, aber euer Verhältnis rührt mich wirklich. Was würde ich darum geben, auch so intensiv geliebt zu werden und zu lieben wie du.«

»Vielleicht kommt das noch, Miriam. Auch meine Liebe zu Mark hat sich ja erst langsam entwickeln müssen. Sein Kinderwunsch hat aber die Sache entscheidend beschleunigt, erst der hat mir wirklich klargemacht, wie ernst er es mit mir meint.«

»Ja aber du gibst doch dabei unsere Gleichberechtigung auf, und ich weiß nicht, ob ich dazu jemals bereit wäre. Käme vielleicht auf den Mann an.« Miriam lächelte bei ihren letzten Worten.

»Miriam, versteh mich bitte nicht falsch, ich finde es toll, dass ich heute einem Beruf nachgehen kann und nicht zwangsläufig Mutter und Hausfrau werden muss, wie noch meine Großmutter. Aber es kann keine Gleichberechtigung zwischen Männern und Frauen in jeder Hinsicht geben. Nur wir können gebären und das Kind an der Brust nähren, und das macht uns zu etwas Besonderem. Das ist was ganz anderes, als was die Männer dazu beitragen. Manche von denen können fünfmal am Tag ihren Samen verspritzen. Und seitdem ich nur noch selten zum Orgasmus komme, bin ich auch ständig geil, ich könnte sogar noch viel öfter. Aber das ist nur Sex! Unsere Leistung fängt doch erst danach wirklich an, und zwar wenn sich im Bauch etwas rührt. Da wächst ein ganzes Kind heran, das machst allein du. Und kaum ist es draußen, brauchst du einen Großteil deiner Kraft, um es mit deiner Milch zu nähren. Das hört sich jetzt bestimmt ganz schrecklich altmodisch an, aber ich erwarte dafür eine besondere Wertschätzung. Sicherlich, die Art und Weise wie Mark und ich das unter uns ausmachen, das ist

PONYGILRS' DAY

sehr extrem und nicht jederfraus Sache. Das ist unsere private Lösung. Aber bei Jens war ich vollkommen gleichberechtigt, sogar im Bett. Eine wirkliche Wertschätzung als Frau erlebe ich dagegen erst bei Mark, obwohl ich seine Sklavin bin. Und weil ich diese Wertschätzung erfahre, bin ich auch bereit zu geben. Mark möchte zum Beispiel, dass sein Kind mindestens zwei Jahre lang die Brust bekommt, und zwar möglichst ausschließlich und so wie ich bin. Du kannst dir vorstellen, was das heißt, wenn ich gleich danach noch ein zweites bekomme. Wenn du so willst, beamt er mich damit zurück in die Steinzeit.«

»Noch mehr? Geht denn das überhaupt?«

Kiara lächelte. »Ja Miriam, noch ein ganzes Stückchen mehr. Und er verfügt dabei über mich, und genau das möchte ich. Mit der üblichen Gleichberechtigungsdiskussion, bei der es sofort wieder nur darum ginge, wie oft denn Mark im Vergleich zu mir die Windeln wechselt, hat das natürlich auch im Entferntesten nichts mehr zu tun.

Erinnerst du dich noch an unser Gespräch im letzten Spätsommer am Main, als ich dir gesagt habe, bei Jens wäre ich zwar gleichberechtigt gewesen, aber mir wäre die Hingabe abhandengekommen? Ein Kind von einem Mann zu empfangen heißt, sich hinzugeben. Mark hat mir von der ersten Sekunde an vor allem eins gelehrt: mich hinzugeben. Nun verstehe ich langsam, wie das alles zusammenpasst.

Aber noch einmal zurück zu eben, Miriam, warum tun wir drei uns nicht einfach alle zusammen, und die beiden Männer suchen sich täglich aus, wen sie von uns haben wollen, hm?«

»Ist das dein Ernst?«

»Ja, mein völliger Ernst. Die beiden Männer teilen sich uns drei. Schau mal, wir alle möchten irgendwann Kinder haben. Alina ist da vielleicht noch etwas gelassener, aber wir beide sollten langsam mal in die Hufe kommen, um mich mal ganz Pferdchen-mäßig auszudrücken. Bei mir ist das ja längst beschlossene Sache, und bei dir kann das Ruckzuck anstehen, jedenfalls, wenn du dir endlich das von Michael gewünschte Sklavinnenverhalten zulegst.«

Bei ihren letzten Worten zwinkerte Kiara ihrer Freundin Miriam zu.

»Wie ich Michael kenne, will der wie Mark auch Kinder haben. Und wenn ich dann zwei von Mark habe, du zwei von Michael, dann könnten wir uns doch gegenseitig helfen und auch sonst noch eine gute Zeit haben. Es ist doch blöd, wenn wir Frauen uns jeweils einzeln um unsere Kinder kümmern, und uns dann mit unseren Männern um die Hausarbeit streiten. Wenn wir zu dritt sind, könnten wir uns das Kindermädchen doch schon fast selbst leisten. Obwohl Mark das natürlich übernehmen würde. Wie findest du das?«

»Gewiss würde Mark das Kindermädchen übernehmen.«

Ein verschmitztes Grinsen huschte über Miriams Lippen.

»Da müsste er sich aber ganz schön mächtig ins Zeug legen, um unserer Alina zuvorzukommen.«

Alina hörte den beiden belustigt zu.

»Ach Kiara, das wäre meine geringste Sorge. Er würde seine Sklavin Alina einfach anweisen, das Kindermädchen entsprechend vorzubereiten, um es dann ihm und seiner Horde zuzuführen. Stimmt's oder habe ich recht?«

»Miriam, du kannst so süß mit deinem Spott sein. Und so treffsicher. Trotzdem: Was hältst du von meiner Idee?«

»Liebes, du weißt, ich bin mit mir selbst noch nicht so ganz im Reinen. Ich kann und will mich noch immer nicht mit der Vorstellung abfinden, ich könnte jederzeit und von jedem gefickt werden, nur weil es Michael oder auch Mark gerade so beliebt. Ansonsten finde ich die Idee ausgesprochen geil. Wenn sich das alles auf Michael und Mark beschränken würde, würde ich auf der Stelle begeistert

PONYGILRS' DAY

zusagen. Mein Problem sind nur all die anderen, also mein Leben als Stute und so. Aber ich verspreche dir, ernsthaft darüber nachzudenken und auch der Stute noch eine echte Chance zu geben, ja ganz gewiss, jetzt umso mehr.

Kiara, wir haben noch nie so richtig darüber gesprochen, und mir ist das auch etwas unangenehm. Ich bin gerne mit dir zusammen. Oft strahlst du mich mit deinem Wesen an, und schon geht es mir besser. Und das sagen viele so. Deshalb kann ich mir sehr gut vorstellen, an deiner Seite über meinen Schatten zu springen. Es würde mir zwar bestimmt nicht leicht fallen, aber jedenfalls viel leichter, als wenn ich das alles alleine zu bewältigen hätte. Für mich ist unser Verhältnis nicht wirklich erotisch. Ich kann mir zwar gut vorstellen, mit dir zärtlich zu sein, aber mehr so wie zwischen guten Freundinnen, wie wir das schon immer waren. Michael, Mark und Alina machen mich dagegen heiß. Ich wollte dir das einfach mal sagen, weil ich mir nicht sicher war, ob du weißt, wie wichtig du für mich bist.«

Die beiden Frauen nahmen sich in die Arme und küssten sich.

»Miriam, du für mich auch. Das hast du gerade wirklich sehr schön gesagt. Ich mag es, mit dir zärtlich zu sein und zu schmusen, aber für richtigen Sex mit einer Frau habe ich meine liebste Alina. Klar, wenn es mal wieder angeordnet wird, dann gebe ich mich jeder anderen Frau hin. Es dürfte nur eine Frage der Zeit sein, bis wir uns auch öffentlich lieben müssen. Neuerdings hat Alina diesbezüglich ja sogar die Hoheitsrechte über mich. Ich bin mal gespannt, wie viele Muschis ich auf diese Weise noch zu sehen bekomme. Alina ist Frauen gegenüber ein wenig so wie Mark: Eine die bei ihr nicht bei drei auf den Bäumen ist ... Ich bin da ganz anders.«

»Liebes, ich spüre gerade so eine innere Freude in mir aufsteigen. Ich fange schon an, mich mit dem Gedanken anzufreunden. Meine große Angst war, für die Männer nur noch Öffnung zu sein, jeden Tag von irgendwem anderes verfrühstückt und zu einem Fickstück degradiert zu werden. Aber im Prinzip können die uns doch ziemlich egal sein. Die ficken uns ein paar Mal am Tag, sollen sie meinetwegen. Aber für den Rest des Tages ist dann Sklavinnen-Power angesagt. Michael und Mark machen tagsüber ihr Ding und wir unseres, oder?«

»Miriam, wenn das für dich eine ernsthafte Option ist, dann lass uns nicht tausend Mal darüber hin und her diskutieren. Ich verspreche dir, dies bei Mark und Michael durchzubekommen, und ich verspreche dir natürlich auch, dich bei deinem jetzigen Problem jederzeit zu unterstützen und für dich da zu sein, dafür solltest du mir jetzt aber geloben, es in jedem Fall einmal ganz ernsthaft zu versuchen. Deal or no deal?«

»Mein Gott, du bist ja eine richtige kleine Managerin geworden.«

»Hab ich mir alles von Mark abgeguckt. Kann man sehr viel von lernen!«

»Okay, Kiara, lass es uns versuchen. Mein Wunsch, dir nahe zu sein, wiegt jedenfalls viel schwerer als meine Sorge, Michael und Mark könnten aus mir eine Nutte machen. Einverstanden! Müssen wir zur Besiegelung jetzt noch gegenseitig unsere Hände abklatschen?«

Alina schaute die beiden mit hellwachen Augen an: »Super! Und abends kuscheln wir alle gemeinsam schön zusammen und schauen uns Action-Filme an.« Und dann nach einer kleinen Pause:

»Ach, was ich wissen wollte, habt ihr eigentlich noch Kontakt zu Yvonne?« Alina bemühte sich, ihre Frage ganz besonders belanglos klingen zu lassen.

Miriam und Kiara sahen sich an und prusteten los.

»Du Miriam, wusstest du, dass Alina ganz schön kitzelig unter ihren Fußsohlen ist?«

PONYGILRS' DAY

»Ich glaube an ihrer Möse auch ...«

»Ihr falschen Schlangen untersteht euch! Was habt ihr mit mir vor?«

Miriam und Kiara stürzten sich lachend und kichernd auf Alina, um sie überall zu fassen, zu necken und zu kitzeln, wie sie es bereits angedeutet hatten.

Mit einem plötzlichen Ruck öffnete sich die Tür und Isabel stand im Raum. An einer Kette führte sie ihre Sklavin Melanie, die etwa im gleichen Alter wie Alina war.

»Na hier ist ja vielleicht was los. Da wäre es wohl doch besser gewesen, meine Stalljungen auf euch aufpassen zu lassen. Aber Schwamm drüber. Alina, du kommst mit mir. Wir werden eine wunderschöne Nacht zusammen verbringen, hoffe ich jedenfalls. So, und damit es euch beiden diese Nacht nicht langweilig wird, habe ich Melanie mitgebracht. Melanie war in der letzten Zeit sehr artig und hat sich eine Belohnung verdient. Sie hat sich auf ihrem ersten Gangbang sehr wacker geschlagen. Verwöhnt sie ein wenig! Über Nacht schläft sie dann bei euch.«

Am Spätnachmittag des folgenden Tages kehrte Mark zurück, um seine beiden Sklavinnen und Miriam abzuholen. Zunächst ließ er sich aber von ihnen das im Gestüt Gelernte vorführen. Er war äußerst zufrieden.

Kaum zu Hause angekommen beichtete Kiara ihm ihre Verfehlung bei Isabel.

»Nun Liebling, die Strafe kennst du ja. Dann wird heute Abend mal wieder die Peitsche sprechen müssen.«

»Mark, darf ich dich um etwas bitten?«

»Kiara, es wird kein Pardon geben!«

»Nein Mark, das meinte ich nicht. Im Gegenteil. Ich bin sehr traurig darüber, dich wieder einmal enttäuscht zu haben, obwohl wir nun eine mir sehr weit entgegenkommende

Regelung gefunden haben. Ich möchte, dass du mich dafür ein wenig mehr peinigst und selbst meine Klitoris nicht aussparst. Auch bin ich bei weiteren Verfehlungen bereit, mich dort beringen zu lassen. Und auch an den Schamlippen noch einmal. Bist du damit einverstanden?«

»Zum Teil, Liebling, nur zum Teil. Zum einen hat mich Isabel heute Morgen angerufen und mir berichtet, wie sich das Ganze zugetragen hat. Du hast ihr widerstanden, sie drohte mit einer Elektrobehandlung, Alina hat eingegriffen, was ihr gutes Recht war und auch ihre Aufgabe ist, und dann bist du schließlich doch noch bei Isabel gekommen. Wenn es nur danach ginge, wärst du überhaupt nicht zu bestrafen.

Aber ich respektiere deinen Ehrgeiz. Du möchtest mir eine hingebungsvolle Sklavin sein. Du hast mich nicht enttäuscht, sondern du bist über dich selbst frustriert, wofür es eigentlich keinen Anlass gibt. Und dennoch: Ich respektiere deine Einstellung. Sie macht mich sogar ausgesprochen stolz.

Ich werde dich also heute Abend auch an deiner Klitoris züchtigen und mich hinterher so wie immer mit dir vergnügen. Das wird dann sicherlich sehr schmerzhaft für dich sein und dir auch kaum Lust bereiten. Dafür wird es uns beiden aber eine umso größere Freude sein, weil du damit wieder einmal zeigst, wie sehr du dich mir ergeben möchtest.

Liebling, eine Beringung der Klitoris ist mit Risiken verbunden. Es ist durchaus möglich, dass du danach weniger empfindsam bist.

Einerseits macht mich dein Anliegen ein weiteres Mal sehr stolz: Eine wunderschöne Frau, wie du es bist, wäre bereit, für mich solche Risiken einzugehen.

Allerdings würde es dir danach dann möglicherweise tatsächlich viel leichter fallen, auf einen Orgasmus zu verzichten. Doch Liebling, genau das will ich ja nicht. Ich möchte über dich verfügen und dir vorgeben können, wann, wo, mit wem und wie oft du einen Höhepunkt erlebst. Es ist keineswegs mein Ziel, dich grundsätzlich daran zu hindern. Außerdem wäre dies ein Verrat an Alina. Wir haben doch unsere aktuelle Vereinbarung extra so getroffen, damit Alina gelegentlich das Vergnügen hat, dich kommen zu sehen. Das habe ich ihr persönlich zugestanden, und nun hat sie quasi ein verbrieftes Recht darauf. Liebling, ihr diese Höhepunkte zu verwehren, wäre ein ähnlich großes Vergehen, als wenn du irgendwo unerlaubt kommen würdest. Du hast ihr diese Orgasmen zu liefern, wenn es mal wieder so weit ist! Bei dem, was du mir gerade vorgeschlagen hast, handelt es sich also letztendlich um eine weitere Verletzung unserer Vereinbarung. Ich werde dich deshalb heute Abend noch ein wenig intensiver züchtigen, als ich es mir eben bereits vorgenommen habe.

Eine Beringung deiner Klitoris käme für mich nur dann ernsthaft infrage, wenn ihr beide euch permanent über unsere Vereinbarung hinwegsetzen würdet, und du zum Beispiel bei ihr jeden zweiten Abend kämst. Dann wäre aber nicht nur deine Klitoris dran, sondern ihre auch, das garantiere ich dir! Eine weitere Beringung deiner Schamlippen ist dagegen eine schöne Idee. Ich werde darüber nachdenken.

Liebling, richte dich nicht selbst mehr als ich es tue. Warte erst einmal den Abend ab, denn der wird sehr schmerzhaft für dich sein. Ich habe das vor einiger Zeit einmal einem anderen Mädchen zugefügt, deshalb kann ich mir recht gut vorstellen, wie du dich danach fühlst. Und ich werde deine Klitoris garantiert kein bisschen weniger peitschen als damals ihre, eher mehr. Verbringe danach die Nacht in meinen Armen, ich werde dich liebkosen und sehr zärtlich zu dir sein. Und Michael wird Miriam heute bei Alina lassen. Er kann sich ja auch dort bedienen.«

ALINAS UNTERSCHICHTSMETHODEN

MARKS WUT

Mark ließ den Motor seines Wagens ein letztes Mal aufheulen, bevor er ihn vor der Garageneinfahrt zum Stehen brachte. Das knirschende Geräusch der schweren Limousine auf dem Kies der Auffahrt war weithin deutlich zu vernehmen. Mark knallte die Fahrertür zu, und dann hörte Kiara ihn bereits rufen: »Kiara!«

Mark war offenkundig schlecht gelaunt.

Kiara beeilte sich, noch vor ihm an der Haustüre zu sein.

»In einer Minute hast du in meinem Arbeitszimmer zu sein. Deine Stiefeletten kannst du anbehalten.«

Kiara schwante nichts Gutes. Ganz offenbar hatte Marks Laune etwas mit ihr zu tun.

»Kiara, ich habe mich bislang redlich bemüht, deiner Schreiberei gegenüber tolerant zu sein, immer davon ausgehend, dass dein kleines Geheimnis auch dein kleines Geheimnis bleibt. Nun muss ich aber leider feststellen, dass daraus längst öffentliches Wissen geworden ist.

Was möchtest du mir in dieser Hinsicht in Zukunft sonst noch zumuten? Dichterinnen-Lesungen? Wikipediaeinträge über Kiara Singer und ›Kiara und Alina‹, natürlich angereichert um die wirklichen Namen der Akteure? He?«

»Nein Mark, natürlich nicht! Wie kommst du darauf?«

»Wie ich darauf komme? Hier schau, du Schlampe!«

So hatte er sie schon lange nicht mehr angeredet. Mit einem verächtlichen Blick drückte er ihr ein Blatt Papier in die Hand, auf dem das Cover von ›Kiara und Alina‹ zu sehen war und darunter der Text: ›Sklavinnenhaltung im

Hause des Unternehmers Mark X. Demnächst als Serie in BILD. Oder doch nicht?‹

»Kiara, mein Name! Da steht mein Name! Wie konnte das passieren? Du hast mir doch geschworen, vorsichtig zu sein. Bei wem warst du unachtsam? Oder machst du das mit Absicht, um noch ein paar Exemplare deines Ladenhüters zu verkaufen? Sprich!«

»Mark, bei niemandem. Ich schwöre es dir. Nur du, Michael, Alina, Miriam und Gerhard wissen von meinen Büchern, sonst habe ich niemandem etwas erzählt. Ganz großes Ehrenwort. Und Dr. Feldmann kennt die grobe Idee, aber damit dürfte er nicht weit kommen.«

»Ja, ja, ja, ein Ehrenwort von einer Frau. Ach, vergiss es! Seit wann hat eine Schlampe wie du eine Vorstellung davon, was Ehre ist?«

»Mark, für mich ist es eine Ehre, deine Sklavin zu sein.«

»Kiara, verschon mich bitte jetzt mit deinen verbalen Tricks! Das kannst du wirklich gut, darin bist du fast noch besser als im Bett, und darin bist du wahrlich eine Granate. Sagen alle. Aber das wird dir hier und heute nichts nutzen!

Aber warte mal. Es ist ja immerhin rein theoretisch möglich, dass Gerhard die undichte Stelle ist. Ich habe dir vor einiger Zeit in einem Anflug von Leichtsinn versprochen, dir zunächst einmal zuzuhören und dir nicht von vornherein die Schuld zu geben. So soll es auch diesmal sein. Gerhard muss also her. Wenngleich ich dir schon jetzt sagen kann, was dabei herauskommen wird: Die undichte Stelle bist du! Oder Alina! Wer sonst?«

GERHARD

Etwa eine Stunde später hörte man ein Taxi vorfahren. Gerhard war ein hochgewachsener, schlaksiger und intellektuell wirkender Mann von etwa 55 Jahren.

ALINAS UNTERSCHICHTSMETHODEN

Gewöhnlich begrüßte er Kiara, indem er sie auf beide Wangen küsste, doch nun zögerte er.

»Oh Kiara! Du trägst heute ein wirklich reizvolles Kleid. Da weiß ich ja gar nicht, wo ich hinschauen soll.«

»Gerhard, du kannst mich ruhig wie gewohnt begrüßen.«

»Na dann will ich das auch mal tun, obwohl mir das heute wirklich nicht leicht fällt.«

Mark wirkte irritiert.

»Sag bloß, du kennst Kiara so noch nicht. Hatten wir nicht etwas anderes vereinbart?«

»Mark, ich bin verheiratet.«

»Ja und? Ich demnächst auch. Und du ja offenbar nicht mehr lange.«

»Ach, hat sich das bereits überall herumgesprochen?«

»Gerhard, du bist Unternehmer und ich bin Unternehmer. Und wie du weißt, ist Information in unserem Business alles.«

»Auch solche?«

»Natürlich! Aber Gerhard, darüber wollte ich mich nicht mit dir unterhalten. Danke, dass du so schnell herkommen konntest, aber die Sache ist wirklich ernst und von äußerster Wichtigkeit.

Wir haben dich damit beauftragt, Kiara – und alle, die ihr nahe stehen – nach außen hin abzuschotten, ihre Texte noch einmal zusätzlich nach deinen Vorstellungen zu anonymisieren und die Schnittstelle zum Verlag wahrzunehmen.

Als Gegenleistung habe ich dir angeboten, dich bei den gelegentlichen redaktionellen Besprechungen mit Kiara zu vergnügen. Offenbar hast du aber – wie ich gerade erfahre – davon keinen Gebrauch gemacht. Wolltest du lieber Geld haben, oder aus welchem Grund sonst hast du die Information über die Autorenschaft von ›Kiara und Alina‹ an Dritte weitergeleitet?«

Mark überreichte ihm den Grund seines Zornes.

Gerhard erbleichte. »Mark, damit habe ich wirklich nichts zu tun. Und auch in meinem Umfeld weiß niemand etwas von einer Geschäftsbeziehung zu Kiara. Wir haben uns bei unseren Besprechungen auch stets auf ganz neutralem Boden getroffen, zum Beispiel mehrfach im Restaurant ›Das Boot‹ auf dem Main.«

»Ist ein wirklich wunderschönes Fleckchen. Ich hatte vor, auch schon mal mit Kiara abends dort hinzugehen. Ein Geschäftsfreund von mir hat eine kleine Jacht, die man am angrenzenden Hafen festmachen kann. Dann hätte er sich zwischendurch mit ihr vergnügen können. Oder auch wir alle zusammen. Aber in eurem Fall hatte ich eigentlich eher an ein Hotelzimmer gedacht.«

»Mark, ich habe nur eine Geschäftsbeziehung mit Kiara, und nicht mit dir.«

»Du kannst keine Geschäftsbeziehung mit Kiara haben. Sie ist mein Eigentum!«

»Das magst du so sehen, und meinetwegen lebt ihr das untereinander auch so, für mich ist das aber nicht existent. Ich habe in Bezug auf die ›Kiara und Alina‹-Romane eine Geschäftsbeziehung mit Kiara und mit niemandem sonst. Kiara ist wirklich eine wunderschöne Frau, und normalerweise würde ich mich auch sehr um sie bemühen, trotz unseres Altersunterschiedes. Aber ich kann wirklich nicht einerseits mit Kiara arbeiten, um mich dann anschließend – als Gegenleistung sozusagen – mit ihr zu vergnügen. Mark, es tut mir leid, aber ich bin so, wie ich bin.«

»Gerhard, du weißt vielleicht, dass bei den Eskimos der eine oder andere Missionar dran glauben musste, weil er die ihm als Zeichen der Gastfreundschaft angebotene Ehefrau verschmähte?«

»Oh, kann mir das auch drohen? Mark, um Gastfreundschaft geht es hier doch gar nicht. Wie gesagt, ich habe mit Kiara ein reines Arbeitsverhältnis.«

»Sonderbar, sonderbar! Gehst du denn auch nie in den Puff?«

»Mark, das ist doch was ganz anderes! Gerade jetzt, wo meine Frau und ich uns getrennt haben, gehe ich sogar relativ häufig dahin.«

»In welchen?«

Kiara sprang auf und legte Gerhard einen Finger auf den Mund.

»Gerhard, bitte sag jetzt kein Wort!«

»Warum?«

»Weil ich sonst gleich morgen früh dort anschaffen gehen darf.«

»Gerhard lächelte in sich hinein und schüttelte dabei ganz leicht den Kopf:»Stimmt das, Mark?«

»Kann schon sein. Kiara, erinnere mich bitte heute Abend daran, dir 10 Schläge mit der Peitsche zu verpassen. Außerdem wirst du wieder eine Nacht bei Viktor verbringen, vielleicht diesmal nicht am Hauptbahnhof, sondern auf dem Straßenstrich. Dein Verhalten ziemt sich nicht für eine Sklavin! Ist geradezu skandalös. Welchen Eindruck soll Gerhard von dir haben?

Aber ich möchte noch einmal auf unser eigentliches Thema zurückkommen ... Gerhard, du schließt also kategorisch aus, dass die Information in deinem Umfeld durchgesickert sein könnte?«

»Ja, Mark, so etwas ist vollkommen ausgeschlossen.«

»Und die von Kiara verweigerte Vergütung deiner Dienstleistungen war auch nicht Grund genug, dich anderweitig schadlos zu halten und die Information an geeigneter Stelle selbst zu lancieren?«

»Mark, was denkst du eigentlich von mir? Zum einen hat nicht Kiara die Vergütung verweigert, sondern ich habe keinen Gebrauch davon gemacht. Und wenn ich stattdessen lieber eine Bezahlung gehabt hätte – was nicht der Fall ist, denn dafür bereitet mir die Sache selbst zu viel Vergnügen –, dann hätte ich das Kiara schon gesagt. Mark, in der Hinsicht bin ich viel zu sehr Profi, und das weißt du auch.«

»Okay, akzeptiert. Lag ich mit meiner Vermutung also doch von Anfang an richtig. Damit bleiben nur noch Kiara und Alina übrig, wer sonst? Und eventuell Miriam. Kiara, hol bitte Alina. In Stiefeletten natürlich!«

Wenige Minuten später erschien Alina in der gewünschten Garderobe, allerdings zusätzlich mit einer Dokumentenmappe bewaffnet.

»Nanu, Alina, habe ich dich so sehr bei der Arbeit gestört? Du scheinst dich ja gar nicht mehr davon trennen zu können, was auch immer das für eine Arbeit sein mag, he he. Als Kontrast zu deiner Kleidung – oder sollte ich eher sagen: Nichtkleidung – sieht das aber ausgesprochen geil aus.«

»Mark, das ist äußerst wichtige Arbeit. Aber warum hast du mich zu dir gerufen?«

»Alina, schau dir bitte einmal diese Seite an, die bei mir heute per Post mit Stempel vom … einen Augenblick bitte, ja hier hab' ich's … von vorgestern bei mir angekommen ist. Nur Michael, Miriam, Kiara, Gerhard, du und ich wissen davon, dass Kiara die Autorin von ›Kiara und Alina‹ ist. Nun ist die Information aber offenkundig aus unserem Kreis heraus nach außen gedrungen. Folglich muss es irgendwo eine undichte Stelle geben. Michael und ich scheiden aus, Gerhard auch, und Kiara schwört, niemandem etwas davon

ALINAS UNTERSCHICHTSMETHODEN

gesagt zu haben. Miriam haben wir noch nicht gefragt, aber ich persönlich halte sie für ziemlich vertrauenswürdig. Mit anderen Worten: Nur du bleibst noch übrig.

Ich bitte dich deshalb, uns nun schonungslos offen zu berichten, an wen, bei welchem Anlass und warum du diese Information weitergegeben hast.«

»Mark, warum fragst du mich erst jetzt und nicht als Allererste? Außer mir kam doch sowieso niemand ernsthaft infrage. Nur ich stamme aus der Unterschicht.«

Gerhards Augen weiteten sich. Ein Lächeln huschte über seine Lippen.

»Alina, unterlass bitte diesen Blödsinn. Wo du groß geworden bist interessiert mich ehrlich gesagt nicht die Bohne!«

»Sollte dich aber, schließlich bin ich deine Sklavin.«

»Kiara, erinnere mich bitte später an zehn weitere Peitschenhiebe.«

Alina schaute Kiara betroffen an.

»Entschuldigung, Liebste, das wollte ich nicht. Ich habe mich mal wieder vergessen. Mark, kannst du nicht ausnahmsweise mir die Schläge geben?«

»Nein, Alina, bei Kiara sind sie viel wirkungsvoller. Das ist bei euch Lesben halt so.«

»Mist! Warum kann ich nicht einfach meinen Mund halten? Okay, Mark, du hättest aber wirklich besser mich zuerst fragen sollen, denn ich weiß, wer das Papier produziert hat.«

Mark und Kiara riefen fast zeitgleich: »Was!?«

Gerhard betrachtete sie mit zunehmendem Erstaunen und Wohlwollen und einer gewissen Faszination. Seine Augen hingen an ihren Lippen und immer häufiger auch an ihren Brüsten.

»Mark, deshalb habe ich ja auch die Mappe dabei. Ich sagte doch schon: Ist wichtige Arbeit. Also die undichte Stelle ist ...«

Alina zögerte.

»Ja? Verdammt noch mal, Alina! Nun lass dir doch nicht jedes Wort aus der Nase ziehen!«

»Ellen.«

Mark und Kiara sahen sie fassungslos an.

»Aber Liebste, wie kommst du denn darauf? Ellen kommt doch eigentlich überhaupt nicht infrage.«

»Nun, vor zwei Wochen hat dich doch dieser Tölpel in der Nähe vom Wachs angemacht, und dir seine E-Mail-Adresse in die Hand gedrückt. Und nachdem du ihn angemailt hast, kam Post mit zwei Anhängen zurück, einmal das, was Mark mir gerade in die Hand gedrückt hat, und dann noch ein Bild von dir.«

Marks Gesichtsausdruck verfinsterte sich.

»Moment, Moment, Moment, meine Lieben. Wollt ihr mir hier gerade ernsthaft weismachen, ihr wisst von der Sache schon seit zwei Wochen?«

Kiara schluckte.

»Ja Mark, es stimmt. Es war ein Fehler, dir davon nichts zu erzählen. Es tut mir leid.«

»Es tut dir leid? Es tut dir leid? Ha! Kiara, was ist die wichtigste Pflicht einer Sklavin?«

»Ihren Herrn unverzüglich über alle wichtigen Vorfälle zu unterrichten?«

»Genau, Kiara, du weißt es doch! Wie kommt ihr beiden dazu, so etwas vor mir geheim halten zu wollen? Kiara, das ist ein sehr schwerer Vertrauensbruch. Ich bin sehr sehr enttäuscht von dir. 20 weitere Schläge für dein Vergehen und

ALINAS UNTERSCHICHTSMETHODEN

20 Schläge für das ungehörige Schweigen Alinas. Ich bin mal gespannt, auf wie viele Peitschenhiebe wir heute Abend noch kommen. Für Morgen nimmst du dir besser nichts mehr vor und sagst alle Termine ab. Du könntest dich ja sowieso nirgendwo mehr hinsetzen, he he.«

»Mark, mir war das alles ganz furchtbar unangenehm. Ich hatte Angst, du würdest den Vorfall zum Anlass nehmen, mir das Schreiben zu verbieten. Alina hat mir geraten, erst einmal Zeit zu gewinnen und den Typen hinzuhalten, um in der Zwischenzeit an mehr Informationen zu kommen.«

»Alina hat dir geraten ... so, so! Weitere zehn Schläge für diesen absurden Vorschlag Alinas. Gerhard, wenn du schon Kiara nicht benutzen möchtest, vielleicht kann ich dich ja für dieses Vergnügen gewinnen? Die eine Hälfte der Schläge du, die andere ich, was hältst du davon?«

»Gerne, Mark.«

»Nein, nein, Gerhard, lass mal, so wird das nichts, ich durchschaue dich. Welche Schmach, mir dann auch noch deine Streichelschläge anschauen zu müssen.«

Gerhard grinste in sich hinein, ohne seinen Blick von Alina abzuwenden.

Mark setzte sein Verhör unbeirrt fort.

»Alina, nun aber noch einmal zu dir zurück. Offenbar hast du deine Idee sogar in die Tat umgesetzt. Wie kommst du bitteschön auf Ellen?«

»Mark, ich sage das erst, wenn du versprichst, Kiara dafür nicht noch mehr Schläge zu geben.«

»Ach so, du möchtest die Aussage verweigern? Mich regelrecht erpressen? Zehn weitere Schläge für Kiara!«

»Ach Mark, ich verstehe deine Verärgerung. Aber von allem anderen weiß Kiara überhaupt nichts, bitte schlag sie deshalb nicht.«

»Alina, ich kann dir das leider nicht versprechen, dafür wart ihr einfach viel zu ungezogen. Und ich befürchte, dass uns die wirklich schlimmen Dinge erst noch bevorstehen. Nun fang doch einfach mal an, dann werden wir sehen!«

»Also gut, Mark, ich habe ja sowieso keine Wahl.«

»Schön, dass du das endlich einsiehst, Alina!«

»Mark, mit dem E-Mail kam – wie gesagt – auch ein Foto von Kiara, und zwar das hier.«

Alina öffnete ihre Mappe und überreichte Mark ein etwa DIN-A4-großes Bild.

»Ja, und?«

»Das Foto ist ziemlich stark überarbeitet, aber rechts unten sieht man noch ein Stück einer Decke, auf der Kiara dabei gerade liegt. Und diese Decke kenne ich, Ellen verwendet sie ganz häufig bei ihren Sitzungen.«

»Und da bist du dir ganz sicher?«

»Ja, Mark, ganz sicher, manchmal waren Blutspritzer darauf und dann hatte ich damit viel Arbeit.«

»Dann rufe ich doch am besten jetzt direkt einmal Ellen an ...«

»Mark, das wird nicht nötig sein.«

»Warum?«

»Weil, ähm, das war so. Also ich weiß, dass Ellen meist mittwochs ab zwei Uhr zu Hause ist und dann liebend gerne Pizza isst, die sie sich immer vom gleichen Italiener kommen lässt. Als ich noch bei ihr war, habe ich die Pizza für sie in Empfang genommen. Der Bote kennt mich somit sehr gut. Also habe ich den gestern abgepasst und ihm gesagt, ich würde die Pizza mit zu Ellen nehmen. Damit war der auch einverstanden. Tja und dann habe ich als Pizzaboten bei Ellen geklingelt, und schon war ich bei ihr drin.«

ALINAS UNTERSCHICHTSMETHODEN

»Ach du dickes Ei! Mir schwant Fürchterliches, irgendwas mit Hausfriedensbruch oder so. Okay, Alina, keine weiteren Schläge für Kiara mehr, denn die Zahl, die ich jetzt eigentlich nennen müsste, würde sie sowieso nicht überleben. Aber erzähl bitte weiter! Was passierte dann?«

»Ich habe mich ein wenig mit Ellen unterhalten.«

»Unterhalten? Und sie hat nicht die Polizei gerufen, wie man das in solchen Fällen tut?«

»Konnte sie ja nicht. Sie war ja gefesselt.«

Gerhard brach in ein schallendes Gelächter aus, dem sich die anderen nicht entziehen konnten.

»Ach Alina, schade dass ich nicht 20 oder 30 Jahre jünger bin. Ich würde auf der Stelle um deine Hand anhalten.«

»Gerhard, sie ist eine Lesbe!«

»Das wäre mir egal. Meinetwegen könnte sie die ganze Zeit mit ihren Freundinnen rummachen, solange sie so ist und bleibt.

Weißt du Alina, ich kenne dich bislang nur aus Kiaras Büchern, und da macht man sich natürlich so sein Bild. Einerseits beschreibt Kiara dich sehr weiblich, auf der anderen Seite scheinst du aber auch etwas sehr Handfestes und fast Dominantes an dir zu haben. Ja und dann ist da noch die Sache mit der ›Lesbe‹. Natürlich habe ich auch angenommen, du müsstest ein ganz anderer Typ als Kiara sein. Nun sitzt hier aber vor mir eine sehr mädchenhafte und anmutige junge Frau, die gleichzeitig Dinge erzählt, die überhaupt nicht mit ihrem äußeren Erscheinungsbild zusammenpassen. Unglaublich! Und wie verträgt sich das mit deinem vorherigen Sklavinnendasein bei Ellen? Offenbar scheinst du hier bei Kiara und Mark richtiggehend aufzublühen, kann das sein?

Mark, die solltest du dir wirklich warm halten, die ist ein Juwel!«

»Kann schon sein, aber wir sollten sie auch nicht zu sehr loben, nachher wird sie mir noch größenwahnsinnig. Okay, Alina, Ellen war also gefesselt und konnte deshalb nicht die Polizei rufen. Das leuchtet ein. Was dann?«

»Nun, ich habe sie gefragt, ob sie hinter dieser blöden Aktion steckt und ihr dabei das Foto von Kiara vorgelegt. Sie hat alles abgestritten. Ich habe dann geprüft, ob sie auch wirklich die Wahrheit sagt.«

Wieder musste der Bericht Alinas um mehrere Minuten unterbrochen werden, weil Gerhard nicht mehr an sich halten konnte.

»Soso, du hast dich also erst noch ihrer Wahrheitsliebe versichert. Und wie sah diese Prüfung aus, he?«

»Ungefähr so, Mark.«

Alina öffnete erneut ihre Mappe und reichte Mark ein Foto, auf dem sie zusammen mit der gefesselten Ellen zu sehen war.

Kiara erschrak. »Aber Liebste, wie sieht Ellen denn darauf aus? Seit wann rasiert sie sich denn?«

»Tut sie ja auch nicht, hab' ich dann gemacht. Du weißt doch, wie gut ich das kann. Auch kannte ich mich ja in Ellens Wohnung perfekt aus und habe die Sachen gleich gefunden. Als ich ihr dann die Brustklammern gesetzt habe, also die, die nun wirklich wehtun, hat sie auch schon bald alles gestanden und Namen und Adresse genannt. Da war ich mir aber noch immer nicht ganz sicher und habe sie deshalb ein wenig mit der Peitsche zwischen den Beinen behandelt, so wie sie das bei mir auch immer gemacht hat. Deshalb hat sie auf dem Foto ein paar Striemen und ihre Klit und Schamlippen sind ein bisschen geschwollen. Aber auch danach ist sie immer beim gleichen Namen geblieben. Schließlich bin ich noch mit dem Strapon ein wenig bei ihr von hinten eingedrungen: gleiches Ergebnis. Die Telefonauskunft hat mir dann die Richtigkeit der Adresse

ALINAS UNTERSCHICHTSMETHODEN

bestätigt, woraufhin ich sie losgemacht habe und gegangen bin.«

»Alina, du weißt sicher, dass du auf diese Weise etliche Straftaten begangen hast. Du bist in Ellens Wohnung widerrechtlich eingedrungen, hast sie gefesselt, gepeinigt, vergewaltigt, ohne ihre Zustimmung kompromittierende Fotos gemacht, ihre Pizza erkalten lassen oder gar vor ihren Augen verspeist ... Da kommen leicht ein paar Jahre zusammen.«

»Wieso Mark? All das hat Ellen mit mir auch gemacht. Und zwar nicht nur einmal.«

»Das war etwas anderes, Alina. Damals warst du Ellens Sklavin.«

»Ja und? Gestern war sie meine, und das alles ganz freiwillig. Jedenfalls so gut wie. Egal, mir kam es so vor.«

»Okay, okay, okay. Lassen wir das für einen Moment mal so stehen, Alina. Und was hast du dann mit deiner erpressten Info gemacht?«

»Ich wollte zuerst einmal herausfinden, wie der Typ eigentlich aussieht, und dann Kiara fragen, ob das der Mann ist. Also habe ich überlegt, wie ich an ein Bild von dem komme. Zunächst habe ich an Viktor gedacht. Ich war mir ziemlich sicher, der würde mir so was besorgen können, wenn ich für ihn ein paar Stunden auf dem Straßenstrich anschaffen gehe. Aber dann ist mir noch rechtzeitig wieder die Kriminalbeamtin eingefallen, die damals sehr lieb zu mir war, als das mit meiner Schwester und meiner Mam passiert ist.«

»Lass mich raten, eine Lesbe?«

»Ich bin mir nicht sicher, ich denke, sie ist eher bi. Jedenfalls habe ich sie gestern Nachmittag noch aufgesucht und sie gefragt, ob sie mir das Bild von dem Typen besorgen kann.«

»Und dabei seid ihr nicht zufälligerweise noch zusammen im Bett gelandet?«

»Doch, irgendwie schon. Ich wollte ihr auch was Gutes tun. Jedenfalls hat sie mir heute das Foto zugemailt, und zwar das hier.«

Alina reichte Kiara das Passbild des vermeintlichen Erpressers.

»Natürlich, das ist er! Das ist der Mann, der mich vor zwei Wochen angesprochen hat, als ich mit meinen neuen Strähnchen vom Friseur kam!«

Kiara reichte das Bild an Mark weiter, der es schließlich Gerhard gab.

»Moment mal, Mark, das Gesicht kenne ich. Den habe ich schon irgendwann mal gesehen, aber bloß wo? Kiara, ist der dir vorher noch nie über den Weg gelaufen?«

»Nein Gerhard, noch nie. Da bin ich mir ganz sicher. Ich kann mir Gesichter im Allgemeinen sehr gut einprägen.«

»Ich leider weniger. Doch halt, jetzt fällt es mir wieder ein. Kiara, der Kerl nahm einmal den Nebentisch, als wir uns im ›Das Boot‹ getroffen haben. Wir saßen am allerletzten Tisch direkt am Wasser, du Richtung Vogelinsel und ich gen Sachsenhausen. Folglich konntest du ihn nicht sehen, ich aber schon. Er schaute ein paar Mal interessiert zu uns herüber, aber ich habe mir dabei überhaupt nichts gedacht. Weißt du, direkt neben uns befand sich doch diese kleine Tür zum anliegenden Jachthafen, auf dem so was steht wie »Betreten für Unbefugte verboten«. Er ist einmal an uns vorbeigegangen, hat die Türe ein wenig geöffnet, in der Gegend herumgeschaut, und ist dann wieder zu seinem Tisch zurückgekehrt. Ich bin mir ziemlich sicher, dass in dem Moment dein Buch bei uns offen herumlag. Aber damit hätte ein Fremder eigentlich überhaupt nichts anfangen können, nur jemand der wusste, wer wir sind. Mark, der muss uns also ganz gezielt gefolgt sein.«

ALINAS UNTERSCHICHTSMETHODEN

Mark atmete erleichtert auf. »Danke Gerhard, so bekommt das alles seinen Sinn. Ellen wollte sich offenbar an Kiara rächen und hat einen Bekannten auf sie angesetzt, den wir aber nicht kennen. Damit hätten wir nie und nimmer eine Verbindung zu ihr herstellen können. Dank dem genauen Hinschauen Alinas und ihrer doch recht robusten Recherchearbeit ist uns das aber nun doch gelungen.«

»Was heißt hier robuste Recherchearbeit? In der Unterschicht löst man Probleme halt so. Kann manchmal ziemlich wirkungsvoll sein.«

»Alina, fängst du schon wieder damit an? Ich war gerade erst dabei, mich etwas zu beruhigen. Was soll dieser Unterschichtsfimmel eigentlich die ganze Zeit?«

Kiara schaltete sich in den Dialog der beiden ein.

»Mark, Alina kommt aus einem ganz anderen sozialen Umfeld, als wir das tun, und worin wir uns die ganze Zeit bewegen. Kannst du nicht verstehen, dass sie verunsichert ist? Und sich auch nicht richtig wahrgenommen fühlt?«

»Aber Kiara, das ist doch Unsinn! Ich schätze Alina sehr und möchte sie in meinem Hause nicht mehr missen. Michael ist seit vielen Jahren mein bester Freund und dich liebe ich. Aber gleich darauf folgt schon Alina. Sie hat sich einmal ganz erheblich für dich eingesetzt und dabei ihre Gesundheit oder gar ihr Leben aufs Spiel gesetzt. Sicherlich, dies geschah in erster Linie für dich, weil sie dich liebt, genauso wie ich das tue, aber indirekt hat sie sich dabei ganz massiv für mich eingesetzt, schließlich sollst du ja demnächst meine Frau und die Mutter meiner Kinder werden. Das vergesse ich ihr nie, auch in hundert Jahren nicht. Sie kann sich in jeder Situation an mich wenden, und ich werde immer ein Ohr für sie haben und für sie da sein. Oder übersehe ich da etwas, Gerhard?«

»Mark, wenn du mich schon so direkt fragst ... Deine Antwort gerade war sicherlich sehr wohlwollend, und ich glaube dir das auch alles. Du bist der typische moderne Unternehmer, sehr leistungs- und ergebnisorientiert, und da ist dann kein Platz mehr für Schichten, Religionen, Nationalitäten, Hautfarben oder Geschlechterunterschiede.

In eurer speziellen Konstellation sehe ich das aber etwas anders. Alina stammt aus einer sozial schwachen Schicht, da fühlt man sich leicht von vornherein ausgegrenzt und ist es vielleicht auch tatsächlich.

Hier bei dir ist sie Sklavin, eine ›Sub‹ sozusagen, also wieder ganz unten. Deine Hauptsklavin und wahre Liebe ist Kiara. Alina hast du mal eben schnell dazugekauft, in erster Linie, um deiner Hauptsklavin Kiara und zukünftigen Ehefrau einen Gefallen zu tun.

Einmal hält Alina Kiara die Hünen Ellens vom Leib, ein anderes Mal klärt sie diesen unangenehmen Erpressungsfall fast im Alleingang – ach was heißt hier fast –, ja Mark, sie hat diesen Fall ganz alleine und selbstständig gelöst. Und alles, was dir dazu einfällt, ist – entschuldige bitte meine Offenheit –, dass du sehr viel von ihr hältst, ihr dankbar bist, und ihr jederzeit helfen würdest, wodurch du ihr indirekt einmal mehr zu verstehen gibst, dass sie unter dir, das heißt, eine Sub ist.«

»Danke für deine wirklich sehr offenen Worte, Gerhard. Kiara, siehst du das auch so?«

»Ja Mark, irgendwie schon. So kann sich Alina bemühen, wie sie will, wir werden ihr nie das Gefühl nehmen, von ganz unten zu kommen, das fünfte Rad am Wagen zu sein und es auch zu bleiben. Schau mal, irgendwann sind wir miteinander verheiratet und Michael und Miriam vielleicht ein festes Paar. Dann kann man sich doch leicht ein wenig ausgegrenzt fühlen, oder?«

»Wieso? Wer lebt denn zusammen, schläft fast jeden Abend eng umschlungen ein: du und ich oder Alina und du?

ALINAS UNTERSCHICHTSMETHODEN

Aber wenn gleich mehrere Menschen, deren Urteil ich normalerweise sehr schätze, zu einem ganz ähnlichen Ergebnis kommen, dann möchte ich auch nicht so tun, als könnte da nun partout nichts dran sein ...«

Mark sprang auf und wanderte unruhig im Raum umher.

»Möglicherweise habt ihr recht. Aber ich möchte jetzt auch nicht gleich alles übers Knie brechen.

Alina, du, Kiara und ich sollten uns wohl mal häufiger zusammensetzen und besprechen, wie wir in Zukunft unser Zusammenleben gestalten sollen. Wir werden sicherlich einen Weg finden, der für alle Seiten attraktiv ist.

Warum zeigst du mir und Kiara nicht fürs Erste einmal, wo du aufgewachsen bist, wo du deine Schwester verteidigt hast, und wo das mit deiner Schwester und deiner Mutter passiert ist? Dies interessiert mich wirklich. Vielleicht verstehe ich dich dann auch ein wenig besser.

Was ist eigentlich mit deinem Vater? Besuchst du den nie im Gefängnis? Kleines, du bist seine Tochter!«

»Bin ich nicht richtig. Hat mir meine Mam erzählt, nachdem er sie mal wieder verprügelt hatte.«

»Oh je, dann bist du ja wirklich ganz allein, du Ärmste. Aber hast du mal Steven Seagal gefragt, ob er damals in der Stadt war?«

Mark lächelte sie bei seinen letzten Worten an.

»Alina, glaub mir, wo du aufgewachsen bist oder herkommst, spielt für mich keine Rolle. Mich interessiert vor allem, wer du jetzt bist.«

»... und meine guten Sachen bestimmt ...«

»Die natürlich ganz besonders! Alina, ich war vor Jahren einmal kurz mit Li-Ying zusammen. Ob sie nun die Tochter von Mao Tse-tung oder die eines armen Reisbauern ist, war für uns nie ein Thema. Wenn ich Kiara und Gerhard aber richtig verstanden habe, dann bereitet dir eher etwas ganz anderes Sorgen: Irgendwann sind alle, die dir zurzeit nahe stehen, verheiratet, dokumentieren öffentlich ihre Liebe und gegenseitige Zugehörigkeit, nur du bleibst außen vor. Warum machst du dir nicht auch ernsthafte Gedanken darüber, was Kiara und du in der Hinsicht tun können, schließlich seid ihr zurzeit ein Paar, oder?

So, und nun geh bitte auf dein Zimmer und zieh dir deine Sachen wieder an. Solange Gerhard unter uns weilt, mache ich mir ernsthafte Sorgen um deine Titten. Nicht dass er sie dir am Ende noch wegschaut.«

»Ach, fällt das auf? Das ist mir jetzt aber wirklich unangenehm.«

Mark grinste.

»Gerhard, in meinem Hause muss dir wirklich nichts unangenehm sein. Aber lasst uns noch einmal überlegen, wie wir in der Sache weiter vorgehen.

Ich denke, ich werde Ellen in den nächsten Tagen zu mir bitten, ihr die Unterlagen vorlegen, und von ihr verlangen, dass sie alle Bilder von euch beiden restlos löscht und uns für alle Zeiten in Ruhe lässt. Andernfalls würde ich dafür sorgen, dass sie im Frankfurter Umfeld keinen einzigen Beratungsjob mehr erhält. Was haltet ihr davon?«

Gerhard meldete sich als Erster zu Wort: »Nun Mark, ich denke das dürfte sowohl angemessen als auch wirkungsvoll sein. An einem Einschalten der Polizei dürfte ja in diesem Fall keine der beteiligten Seiten interessiert sein ...«

Alina, die in der Zwischenzeit wieder zurückgekehrt war und dabei gleich den bewundernden Blick Gerhards auf sich zog, hatte noch eine weitere Idee:

»Ich könnte doch unserem Erpresser noch vor den Augen seiner Frau eine Szene machen. Ich schiebe mir ein

ALINAS UNTERSCHICHTSMETHODEN

Kissen unter den Rock und werfe ihm vor, er würde mich und unser Baby sitzen lassen, dieser gemeine Schuft!«

Mark grinste. »Nein, nein, lass mal Alina. Deine Unterschichtsmethoden waren bis dahin sehr erfolgreich, nun sollten wir uns eventuelle Steigerungen aber für die nächsten Fälle aufsparen. Ist schon gut so.«

»Mark, sag mal, nachdem das jetzt doch alles wieder ganz gut aussieht, kannst du Kiara nicht ein paar von den Peitschenhieben erlassen. Sagen wir: alles bis auf vielleicht zehn?«

»Du bist wirklich sehr hartnäckig, Alina. Warum sollte ich das tun? Schließlich hat sie jeden einzelnen Schlag verdient. Erst verweigert sie Gerhard seinen gerechten Lohn, dann hindert sie ihn daran, mir sein Lieblingsbordell zu nennen, dann machst du ungezogene Bemerkungen, und schließlich erfahre ich, dass meine Sklavinnen seit mindestens 14 Tagen vor mir Geheimnisse haben. Und dann wolltest du mich auch noch unter Druck setzen. Alles nicht sehr schön. Aber ich will mal nicht so sein. Wenn Gerhard Kiara heute doch noch zu sich mit nach Hause nimmt, um sich angemessen bezahlen zu lassen, dann will ich von der Strafe absehen.«

Kiara schaute Gerhard intensiv an: »Gerhard, überlege genau, was du jetzt antwortest. Wenn du mich mitnimmst, dann können wir nicht einfach bei dir zu Hause herumsitzen, Kaffee trinken und uns über Gott und die Welt unterhalten. Wenn Mark mich morgen fragt, muss ich ihm alles haarklein berichten. Als seine Sklavin darf ich ihn nicht belügen. Wenn da also heute Abend bei dir nichts läuft, weil du nicht willst, dann wäre das für mich im Ergebnis noch schlimmer.«

»Zehn weitere Schläge für unsere liebe kleine Kiara. Wir sind doch hier nicht im Theater, wo man ständig den Text zugeflüstert bekommt!«

»Mark wärst du auch mit einem Tausch einverstanden?«

»Klar Gerhard. Natürlich kannst du sie auch einem deiner Freunde geben. Du musst nicht die ganze Arbeit selbst machen, mache ich ja auch nicht.«

»Ah, nein, das meinte ich nicht. Ich habe da so eine Bekannte, sie ist Anfang 40 und Hochschullehrerin an der Frankfurter Uni. Ich kenne sie schon seit vielen Jahren, und manchmal gehen wir auch zusammen ins Bett. Aber wie gesagt, nur manchmal, denn eigentlich steht sie mehr auf Frauen, was ich sehr gut verstehen kann, denn das geht mir schließlich auch so. Ich möchte, dass es zwischen Kiara und mir bei einem reinen Arbeitsverhältnis bleibt, und Mark, bitte versuch nicht immer wieder, mich doch noch umzustimmen, es wird dir nicht gelingen.«

»Schön, dann muss sich Kiara eben einen Abend mit dieser Lesbe beschäftigen. Gehört ja quasi zu ihrem Standardrepertoire, he he.«

»Auch das meinte ich nicht. Ich dachte eher an Alina, sie und ich. Alina, sie ist eine sehr reizende und aufmerksame Frau. Könntest du dir das vorstellen?«

»Gerhard, was für eine Frage? Schau nur, wie ihre Augen bereits leuchten. Vor Alina ist nämlich keine Muschi sicher, um mal Kiaras Worte zu verwenden.

Alina, du musst jetzt gar nicht so erstaunt tun. Eine Sklavin erzählt ihrem Herrn normalerweise alles, wenn sie nicht gerade von einer anderen Sklavin zu Verfehlungen ermuntert wird. Aber dafür gibt es ja heute noch die Peitsche, war ohnehin längst mal wieder Zeit.

Gerhard klär doch bitte mit deiner Professorin, ob sie überhaupt heute Zeit hat. Ansonsten nimmst du Alina nachher einfach zu dir. Ich werde auch gewiss nicht nachfragen, ob ihr nun Orgien gefeiert habt, du sie auf den Strich geschickt oder ihr nur deine Cappuccino-Maschine vorgeführt hast. Was du mit ihr anstellst, ist deine Sache.

ALINAS UNTERSCHICHTSMETHODEN

Kiara schläft diese Nacht mal wieder bei mir. Aber vorher bekommt sie noch die Peitsche, zwar ein paar Schläge weniger, als es eben noch aussah, doch Strafe muss sein.

So, nun habe ich aber richtig Hunger. Wie wäre es mit dem ›Boot‹, wenn wir schon die ganze Zeit davon reden?

LESBENSCHNULZEN

Mark war mittlerweile ausgesprochen aufgeräumt.

»Soso, also genau hier hat der Lauschangriff auf euch stattgefunden. Dabei ist das doch ein solch idyllischer Ort!«

»Genau Mark. Man hätte hier glatt die Kneipenszene aus Jurassic Parc drehen können.«

»Welche Kneipenszene?«

»Na die, in der dieser etwas fettleibige Computerfreak sein konspiratives Meeting mit seinem Auftraggeber hat: ›Dodson, wir haben Dodson hier!‹ Das könnte man hier auch machen.«

Gerhard erhob sich und zeigte auf Kiara.

»Singer. Wir haben Kiara Singer hier!«

Ein japanisches Pärchen schaute für einen Moment etwas belustigt auf, wendete sich dann aber wieder seiner Pasta zu.

»Seht ihr. Interessiert absolut niemanden. Das Ganze war also eine von langer Hand geplante Spionageaktion.«

»Doch, die Enten. Von denen hast du jetzt mit deiner Aktion ein halbes Dutzend verjagt. Aber Gerhard, warum hätte das auch jemanden ernsthaft interessieren sollen? Hat denn diese ominöse ›Kiara Singer‹ schon mehr als fünf Exemplare von ihren Lesbenschnulzen verkauft?«

Kiara schaute erschrocken auf. »Aber Mark, du bist doch nicht etwa derjenige, der bei allen Amazon-Erotikbestsellern dauernd diese vernichtenden Rezensionen schreibt? Mein Buch wurde von dem als Sado-Maso-Lesbenschnulze tituliert. Warst du das etwa?«

»Leider nein. Aber da scheint wohl jemand tatsächlich was von der Sache zu verstehen, findet man ja heutzutage immer seltener. Vielleicht zeigst du mir mal bei Gelegenheit die Internetseite, damit ich mich da ebenfalls gebührend verewigen kann. Aber was sollte das eigentlich mit den Erotikbestsellern? Hast du es denn etwa schon mal in die Bestsellerliste gebracht?«

Gerhard unterbrach: »Mark, sie ist bei den Erotikromanen bei Amazon seit Monaten unter den ersten fünf Plätzen, über eine längere Zeit war sie sogar die Nummer eins.«

Mark verschlug es fast die Sprache. »Damit hast du es in die Bestsellerliste bei Amazon gebracht? Mit diesem Schund? Mit einem Groschenroman? Ich fass es nicht! Und wann hattest du vor, mich an den Einnahmen zu beteiligen?«

»Mark, warum sollte ich das tun?«

»Nun, ganz einfach Liebling: Du gibst in deinen Büchern im Wesentlichen nur das wider, was ich mit euch anstelle. Ganz nebenbei werde ich als ziemlicher Macho und Kotzbrocken darstellt, was ich sicherlich auch bin, he he, aber das muss ja nicht unbedingt jeder wissen. Also eigentlich liegen die Urheberrechte bei mir.«

»Mark, die Urheberrechte beziehen sich auf das Wort, nicht auf deine Taten.«

»Aber ohne meine Taten wüsstest du doch gar nicht, was du schreiben solltest, oder?«

»Kann schon sein.«

»Und sag mal Liebling. Wenn ich nun heute abschließend wie folgt entscheiden würde: ›Liebste Kiara und Alina, das war großartig, wie ihr das mit dem Erpressungsfall so ganz

ALINAS UNTERSCHICHTSMETHODEN

selbstständig erledigt habt. Dafür erlasse ich euch alle Strafen. Und in Zukunft, liebste Kiara, möchte ich dich als gleichberechtigte Partnerin und Ehefrau und nicht länger als meine Sklavin neben mir sehen. Und auch Alina wird ab sofort in die Freiheit entlassen.‹ Wäre das nun Auflagen steigernd oder Auflagen senkend?«

»Auflagen senkend, was denn sonst?«

»Ja wer sagt es denn? Meine Sklavin verkauft umso mehr Groschenromane, je schlimmer ich ihr gegenüber bin. Damit mache ich sie letztendlich glücklich. Gab es jemals eine bessere Rechtfertigung für mein Verhalten? Nein! Und damit, Liebling, verdoppele ich deine Peitschenration für heute Abend. Warum? Weil es Auflagen steigernd ist! Vielleicht sollte ich mir auch Alina noch einmal vorknöpfen und sie wieder für Viktor arbeiten lassen? ›Blasierter Unternehmer schickt seine aus der Unterschicht stammende lesbische Sklavin auf den Straßenstrich!‹ Wäre doch 'ne Superstory, oder?«

Kiara brach augenblicklich in Tränen aus.

»Mark, bitte! Bitte hör auf! Bitte!

Mark, wir haben eine Vereinbarung getroffen. Mein Körper gehört dir. Ist sogar dein Eigentum. Du kannst jederzeit und nach Belieben über mich verfügen.

Wenn du mir jetzt befiehlst, mich hier auszuziehen und nackt durch die Betreten-Verboten-Tür auf den kleinen Steg zu treten, an dessen Ende drei kräftige Männer darauf warten, mich in ihr Boot zu zerren und allerlei Dinge mit mir anzustellen, dann werde ich das ohne zu zögern tun. Wenn ich heute Gambas speisen möchte, du aber eher einen Salat für angemessen hältst, dann esse ich eben den. Damit ich all das mit Freuden für dich tun kann, brauche ich aber das Gefühl, auf eigenen Beinen stehen zu können. Verstehst du das?

Mark, es waren deine Worte, dass ich mich um meine anderen Interessen selbst zu kümmern habe. Und das tue ich. Nun lass mir doch bitte meinen kleinen Erfolg. Er ist im Vergleich zu dem, was du beruflich schaffst, ohne jede Bedeutung. Aber er ist für mich wichtig.

Versteh doch bitte: Ich kann auf Dauer nur dann deine Sklavin sein, wenn ich etwas habe, was mir das Gefühl einer Reißleine gibt. Ist das nicht auch besser für dich? Du hast dann eine Sklavin, die sich jeden Tag bewusst für dich entscheidet und nicht nur bei dir ist, weil sie gar keine andere Möglichkeit mehr hat.

Schau dir an, wie es bei Ellen und Alina gelaufen ist. Alina war vollkommen abhängig von Ellen, sie hätte sich nicht einmal eine Fahrkarte für den öffentlichen Nahverkehr kaufen können. Das ist nicht gut! Lass mich deine stolze Sklavin sein.

Erinnerst du dich an unsere Elterngelddiskussion? Ich möchte nicht in deiner Firma angestellt sein, nur um den vollen Elterngeldanspruch zu erlangen. Ich möchte das alles selbst schaffen. Und wenn ich bis dahin noch ein paar weitere Schundromane verfasst habe und die auch noch halbwegs gut laufen, dann gelingt mir das auch! Mark, nimm mir das bitte nicht weg. Du hast doch schon fast alles von mir, das Beste sowieso!«

»Gerhard stimmt das? Könnte sie auf diese Weise so viel Geld verdienen? Laufen die Romane wirklich so gut?«

»Wenn sie noch ein paar erfolgreiche Fortsetzungen schreibt, dann sicherlich. Aber das mit dem Elterngeld kann sie sich meines Erachtens trotzdem abschminken.«

»Wieso?«

»Nun, während der Schwangerschaft hat sie doch bestimmt recht viel Zeit und könnte vielleicht noch die eine oder andere Fortsetzung fertigstellen oder zumindest vorbereiten. Und ihre Leser werden ihre Bücher doch nicht

ALINAS UNTERSCHICHTSMETHODEN

einfach deshalb verschmähen, weil sie plötzlich ein Kind aufzuziehen hat. Also hat sie gerade in dieser Zeit Einnahmen. Ich wüsste nicht, wie das mit dem Elterngeld vereinbar sein soll.«

Alina hatte noch eine andere Idee: »Vielleicht bleibt ja auch Mark zu Hause und beantragt Elterngeld ...«

Marks Augen verschmälerten sich zu Dolchen. »Alina, wie kommt es bloß, dass du manchmal sehr um deine Freundin Kiara besorgt bist, und dann im nächsten Augenblick wieder ihr Wohlergehen so sträflich aufs Spiel setzt? Zehn Schläge! Aber im Prinzip kann dir das auch alles egal sein, denn du bist ja nachher bei Gerhard.

Gerhard, aber die Zahlungen gehen doch erst einmal bei dir ein, denn schließlich haben wir dich doch zu ihrem Schutz dazwischen gesetzt. Könntest du die Weiterleitung der Zahlungen in diesem einen Jahr nicht einfach aussetzen?«

»Oh Mark, das solltest du besser erst einmal mit deiner Rechtsabteilung klären. Wenn das alles rechtlich abgesichert werden kann, spiele ich gerne mit. Aber momentan ist ja das Verhältnis zwischen mir und Kiara so geregelt, dass ich ihr alle drei Monate die aus den Buchverkäufen entstandenen Einnahmen überweise. Und da kann ich nicht in einem Jahr auf einmal was ganz anderes machen.«

»Hm, verstehe. Trotzdem ärgert mich das. Ich werde mal meine Juristen auf das Problem ansetzen.

Gerhard, kann man sonst noch etwas tun, um die Verkaufszahlen anzuheben? Liebling, soll Gerhard für dein Buch im Playboy oder in der Cosmopolitan eine Anzeige schalten? Ich könnte ihn damit beauftragen.«

»Das ist lieb von dir Mark, aber ich möchte das nicht. Versteh mich doch bitte: Ich will das alles ganz alleine finanzieren können.«

»Und wann gedenkst du den Gerhard für seine Leistungen zu bezahlen?«

Gerhard zog seine Mundwinkel nach unten, während sich seine Augen gen Himmel richteten.

»Mark, du kannst es nicht lassen, oder?«

»Vielleicht ändere ich einfach den Vertrag mit Gerhard, sodass ihm alle Einnahmen während meiner Elternzeit zustehen. Mark, dann kann ich gleichzeitig deinen Traum vom Elterngeld realisieren, wär' das nicht was?«, schlug Kiara vor.

»Abgesehen davon, Kiara, dass dein Ansinnen spöttische Floskeln enthielt, wodurch du dir übrigens gerade fünf weitere Peitschenhiebe eingehandelt hast – einen Augenblick bitte, ich brauche jetzt eine Strichliste, nicht dass mir am Ende noch der eine oder andere Schlag wieder entgeht –, war das doch wohl hoffentlich nicht dein Ernst, oder? Ich, als der eigentliche Ideengeber soll leer ausgehen, während Gerhard, der nichts weiter macht als ein paar Namen und die Beschreibung einiger Lokationen in deinen Texten zu ändern und darüber hinaus noch die technischen und vertraglichen Dinge regelt, soll die gesamten Bucheinnahmen für ein ganzes Jahr erhalten?

Liebling, nur über deine Leiche!«

Gerhard stand dieser Vergütungsvariante ebenfalls sehr reserviert gegenüber: »Mark, dazu bedarf es nicht Kiaras Leiche. Das wäre mit mir genauso wenig zu machen.«

»Gerhard, was ist los mit dir? Möchtest du dich in unserer Runde als Gutmensch profilieren und mich dabei als Ungeheuer ausschauen lassen, he? Vertrau mir, gegenüber Kiara wirst du in der Hinsicht den Kürzeren ziehen.

Und ich kann nur hoffen, dass du nicht heimlich meine Kleine gegen mich aufwiegelst, ihr Flausen in den Kopf

ALINAS UNTERSCHICHTSMETHODEN

setzt, ihr etwas von Freiheit und so erzählst. Denn ich bin es hier, der das Gute schafft.«

»Wieso, wie meinst du das?«

»Nun, wir hier in Frankfurt kennen doch alle unseren Faust und seinen Pakt mit dem Teufel. Bei Kiara und mir war es ganz ähnlich. Sie war mit ihrem Leben unzufrieden, und da hat sie sich an mich gewendet. Wie wir aus ihren Büchern mittlerweile alle wissen: Ich bin der leibhaftige Mephisto, also derjenige, den Goethe sagen lässt: ›Ich bin die Kraft, die stets das Böse will und stets das Gute schafft.‹ Wie bei meiner Kleinen und mir: Ich wollte Böses, und sie macht einen Roman daraus, der es dann auch noch in die Bestsellerlisten schafft.

Und was musste sie dafür tun? Nun, einen Pakt mit dem Teufel schließen, das heißt, mit mir. Bei Goethe will der Mephisto Fausts Seele. So etwas schien mir bei einer Frau völlig unangemessen zu sein, wo sollte die sein? Also haben wir vereinbart, dass ich ihren Körper bekomme. Ich bin jetzt sozusagen Eigentümer davon. Mache ich auch regelmäßig Gebrauch von. Schaffe aber auch da immer wieder nur das Gute.

Ganz anders bei Gutmenschen wie Kiara. Die wollen stets das Gute, schaffen aber nur das Böse. Kann man überall in dieser Gesellschaft sehen!«

Gerhard schaute ein wenig belustigt drein.

»Na ja, war jedenfalls ein interessantes politisches Statement. Mark, ich möchte mich dir gegenüber nicht als Gutmensch profilieren und erst recht möchte ich deiner Kiara keine Flausen in den Kopf setzen. Ich gebe zu, dass die Art, wie du mit Frauen umspringst, nicht meine ist und niemals sein wird. Aber das ist eure Sache. Kiara ist eine erwachsene Frau und wird dies selbst entscheiden können.«

»Irrtum Gerhard, sie ist eine Sklavin.«

»Meinetwegen das, eine erwachsene Sklavin. Doch was mich betrifft: Ich möchte gerne auch ein wenig wahr- und ernst genommen werden. Und meine Aussage war die ganze Zeit: Mir bereitet die Arbeit mit Kiara Vergnügen, und dafür erwarte ich weder Geld noch Sex.«

»Und was dann?«

Kiara atmete tief und hörbar ein. Dann lenkte sie das Gespräch auf ein anderes Thema.

»Gerhard klappt das mit deiner Freundin heute Abend eigentlich?«

»Nein, leider nicht. Sie muss noch ein Seminar vorbereiten und hat deshalb keine Zeit. Aber aufgeschoben ist nicht aufgehoben. Sie war jedenfalls sehr interessiert. Mal schauen, was Alina und ich heute Abend stattdessen machen. Vielleicht unterhalten wir uns einfach nur ein wenig. Sie ist ja eine sehr interessante und gescheite junge Frau.«

»Und danach vögelst du sie bitte noch ein paar Mal so richtig durch. Sie braucht das! Kannst auch ruhig ein paar Freunde einladen.«

»Nein Mark, das habe ich nun wirklich nicht vor. Im Übrigen könnte ich ihr Vater sein.«

»Aber Papa, Mama und Töchterchen wäre dagegen in Ordnung gewesen, he?«

»Mark, wenn du es nun unbedingt wissen willst. Ich mag diese Bekannte sehr. Nur leider steht sie in erster Linie auf Frauen. Und auf diese Weise hätte ich mal wieder etwas länger mit ihr zusammen sein können. Alina wäre dann nur für sie gewesen, oder … sie für Alina.«

»Womit wir bei Mama und Töchterchen wären und Papa schaut zu, auch nicht besser! Gerhard, ich muss deine komische Feministinnenlogik jetzt nicht verstehen, oder?«

Alina grinste leise in sich hinein.

ALINAS UNTERSCHICHTSMETHODEN

»Gerhard möchte sich deine Freundin denn nicht einmal von zwei Frauen verwöhnen lassen?«

»Ach Alina, ich glaube in der Hinsicht ist sie sehr aufgeschlossen. Warum fragst du?«

»Nun, du musst doch ohnehin erst noch einen Termin mit ihr ausmachen. Und dann könnte Kiara eigentlich gleich mitkommen. Das hätte eine ganze Menge Vorteile. Ich zähle mal nur die auf, die mir so auf die Schnelle einfallen. Erstens: Deine Freundin hätte mehr Spaß. Zweitens: Du könntest bei ihr noch mehr Punkte sammeln. Drittens: Kiara hätte mich die ganze Zeit im Auge, du weißt schon, wegen der Muschis und so. Und viertens: Du wärst endlich mit Kiara im Bett.

Unser gemeinsamer Herr und Meister Mark wird nämlich vorher keine Ruhe geben. Und bevor das nicht endlich mal passiert ist, wird das hier die ganze Zeit so weitergehen, rauf und runter, kreuz und quer, immer die gleiche Leier, und mir bleibt am Ende noch mein Steak im Halse stecken. Also lasst uns einen Termin vereinbaren, bei dem wir beide uns deine Freundin so richtig vornehmen, und ich sorge gleichzeitig dafür, dass du dabei auch mal in Kiara drin bist. Und Ruhe ist.

Gegen reifere Männer haben wir nichts, weder Kiara noch ich, höchstens was gegen dumme Männer, aber dazu gehörst du ja nun weiß Gott nicht.

Und Gerhard, du musst dir heute Abend wirklich keinen Zwang antun. Ich unterhalte mich gerne mit dir. Aber vielleicht willst du dich zwischendurch etwas mit mir vergnügen oder auch nur das anfassen, was es eben zu sehen gab. Da ist überhaupt nichts bei, das ist meine Aufgabe! Kiara schreibt das nicht einfach nur. Für Mark und seine Freunde sind wir so etwas wie die unerträgliche Leichtigkeit des Seins, du musst nur zugreifen.

So, das war jetzt mal wieder ganz unterschichtmäßig einfach gedacht!«

Nachdem sich das allgemeine Gelächter gelegt hatte, kramte Mark seine Strichliste hervor und merkte an: »Fünf weitere Schläge. Eigentlich hätten's fünfzig sein müssen, aber ich will mal nicht so sein.

Ansonsten bin ich einverstanden. Wenn das so laufen sollte, ist das Thema für mich in Zukunft gegessen.

Alina, eben dachte ich noch daran, dich in meinem Unternehmen für säumige Kunden einzusetzen. Aber vielleicht wärst du noch besser als Joker bei sehr schwierigen Verhandlungen zu verwenden, zum Beispiel wenn ich mir mal wieder die halbe Nacht mit dem Betriebsrat um die Ohren schlage. Dann kommst du herein, erklärst allen Beteiligten kurz, was Sache ist, und fünf Minuten später sind die Dokumente unterschrieben und wir liegen uns alle einvernehmlich in den Armen.

Liebling, ich verstehe was du mir eben hast sagen wollen, ich verstehe auch deine Tränen. Vielleicht habe ich mich einfach zu sehr darüber gefreut, wie die Erpressungsgeschichte am Ende doch noch ausgegangen ist. Da sind dann wohl eine paar Pferde mit mir durchgegangen. Es tut mir leid! Ich werde dir diese Nacht meine Liebe beweisen, auch wenn du dabei manche Qual zu erleiden hast.

Ich verspreche, dir in Zukunft bei deiner Schreiberei keine Steine mehr in den Weg zu legen, wenngleich ich das weiterhin für eine ziemliche Schnulze halte. Deine Bücher haben eigentlich meine schlimmsten Befürchtungen bezüglich euch Lesben noch weit übertroffen. Schön wenigstens zu lesen, dass euch meine Lorena bislang noch nicht verfallen ist, oder hat sich das in der Zwischenzeit etwa schon geändert, sodass ich mich in Teil 3 auf weitere Schreckensbotschaften einstellen muss? Und diese kleine Lissy hast du ganz eindeutig ruckzuck umgepolt, wie ich es damals gesagt habe. Hast mich regelrecht belogen! Na ja, war also dein Einsatz bei Viktor doch gerechtfertigt gewesen. So, fünf weitere Schläge für das dämliche Grinsen Alinas, zehn, weil es nicht aufhören will!

Warum schreibst du nicht was Ordentliches? Literatur! So wie die von Schirach!«

»Mark, die schreibt über ihr Leben, was wohl zum Teil darin besteht, sich täglich mit Alkohol abzufüllen, und ich schreibe über mein Leben, was darin besteht, ständig von Männern abgefü…«

»Kein Ton weiter!

Aber was soll's. Du wirst schon wissen, was du da machst.

Eine Bitte habe ich trotzdem: Liebling, bitte versteif dich nicht in der Sache. Du musst nicht verhungern, wenn die Leser plötzlich kein Interesse mehr an deinen Büchern haben. Ich verstehe, dass du wenigstens in diesem Punkt das Gefühl haben möchtest, nicht von mir abhängig zu sein. Aber wenn es nicht mit der Schreiberei klappt, dann versuchst du halt etwas anderes. Das gilt für mein Business letztendlich genauso. Es gibt im Leben immer Alternativen.

Trotzdem möchte ich von dir, Gerhard, wissen, ob wir Kiaras Erfolg noch steigern können. Was schlägst du vor? Sollen wir ein paar Exemplare kaufen, damit sie in der Bestsellerliste noch ein paar Plätze weiter nach vorne kommt?«

»Mark!«

»Okay, okay, Liebling, ist ja schon gut. Du willst es alleine schaffen.«

Gerhard war Mark noch eine Antwort schuldig.

»Mark, da du mich eben direkt angesprochen hast: Ich würde momentan nichts übers Knie brechen. Der Markt für solche Bücher ist vor allem Amazon, mit einigem Abstand dann die anderen Internetbuchhändler. Wer sich für eine

›Sado-Maso-Lesbenschnulze‹ interessiert, wird eher nicht zu Hugendubel gehen und dort in den Regalen stöbern, denn es könnte ihm ja dabei ein Nachbar oder Kollege über die Schulter schauen. Solche Leute kaufen ganz überwiegend im Internet, oder vielleicht auch in einer Bahnhofsbuchhandlung.

Kurz nach Veröffentlichung des ersten Bandes habe ich in meinem Umfeld eine kleine Lesung abhalten lassen, was nichts gebracht hat. Die Leute wollen vor allem die wirkliche Autorin hören und sehen, und nicht eine Ersatzleserin. Sie wollen sich daran ergötzen, einer wirklichen Sklavin zuzuhören. Das üblicherweise vorwiegend weibliche Publikum will anschließend noch die halbe Nacht davon träumen, selbst eine zu sein. Das Erscheinen des Sklavinnenhalters würde dem Ganzen eher schaden, denn die meisten Zuhörerinnen haben dabei ihren eigenen Traumtypen im Kopf. Mit der wirklichen Autorin kann ich aber leider nicht dienen. Ich habe die übrig gebliebenen ungelesenen Exemplare einer Bekannten ausgehändigt, und die verkauft sie nun über Amazon Marketplace. Soviel ich weiß, sind die mittlerweile aber fast alle weg.

Daneben schaue ich mir gelegentlich die Amazon-Rezensionen an, und wenn Mark mal wieder einer seiner Verrisse geschrieben hat, werde ich eventuell auch tätig.

Ich halte ›Kiara und Alina‹ übrigens keineswegs für eine Lesbenschnulze. Anfangs war ich selbst ein wenig irritiert, denn es fehlen darin ja fast alle typischen Elemente weiblicher Erotikliteratur, zum Beispiel die detaillierte Beschreibung von Kleidung, Accessoires und Räumen.

Bis ich begriff, dass Kiara ja überhaupt keinen Roman vorgelegt hat, sondern die Schilderung eines geradezu unglaublichen Lebensstils. Dazu passt die nüchterne und manchmal sogar ausgesprochen distanzierte Schreibe dann wieder gut. Mich hat die Lektüre jedenfalls regelrecht fassungslos gemacht.

ALINAS UNTERSCHICHTSMETHODEN

Ja Mark, du schaust jetzt so belustigt, weil das für dich alles ganz selbstverständlich zu sein scheint. Ist es aber für uns ›Normalos‹ leider nicht.

Eben erst hat sich Alina mir angeboten, obwohl ich sie gar nicht darum gebeten habe. Ihre Botschaft war ungefähr die: ›Nimm mich diese Nacht. Ich werde mich bemühen, dir alle deine Wünsche zu erfüllen. Eigentlich bin ich ja eine Lesbe, aber das macht überhaupt nichts, schließlich ist es meine Aufgabe, das alles für dich zu tun.‹

Mark, für jemanden wie mich ist das wirklich schwer zu akzeptieren.«

Alina ergriff Gerhards rechte Hand, schob sie unter ihre Bluse und legte sie direkt auf ihrer Brust ab.

»Gerhard, es ist wirklich nichts dabei. Ich bin Marks Sklavin, du weißt, was das bedeutet. Ich muss alles tun, was er von mir verlangt. Aber wenn du mich nachher zu dir nimmst, dann folge ich dir als deine Sklavin. So sind halt unsere Regeln. Und es liegt dann einzig und allein an dir, was daraus wird und zwischen uns passiert.«

Mark schaute Alina liebevoll an.

»Gerhard, ich glaube, du machst dir einfach zu viele Gedanken. Das ist auf Dauer nicht gut für dich. Wenn ich dir einen kleinen Tipp geben darf: Wirf wenigstens diese eine Nacht mal deinen ganzen Ethikschrott über Bord und lass dich einzig und allein von deinen Gelüsten leiten. Alina mag keine Schmerzen, aber das hast du sicherlich schon in Kiaras Groschenromanen gelesen. Ansonsten ist sehr viel möglich. Ich kann mir sehr gut vorstellen, wie es in dir ausschaut, nämlich ungefähr so: ›Ich darf keinen Sex mit Alina haben, denn sie ist eine Lesbe. Wenn sie mit mir schläft, dann nur deshalb, weil sie die Sklavin von Mark ist und das folglich für mich tun muss. In Wirklichkeit verachtet sie mich. Gebe ich mich doch meinen Gelüsten hin, dann käme das einer Vergewaltigung gleich. Also lieber nur Erzählen und

Händchenhalten.‹ Gerhard, vergiss bitte diesen Quatsch. Nicht wahr Alina?«

Alina nickte zustimmend, wobei sie Gerhards Hand noch ein wenig fester an ihre Brüste drückte.

»Mark, ich bin ein wenig erstaunt, wie präzise du eben meine Gedanken und Gefühle wiedergegeben hast. Ich selbst wäre nicht einmal dazu in der Lage gewesen. Ja aber Alina, liege ich denn nicht richtig, wenn ich so denke und fühle? Du bist lesbisch, das wird mir jedenfalls von allen Seiten erzählt, und in Kiaras Büchern steht es ebenfalls. Was willst du mit mir? Hast du eine Gehirnwäsche über dich ergehen lassen müssen? Wirfst du dich jedem Mann an den Hals und findest noch nicht einmal was dabei?«

»Ja und nein, Gerhard. Klar, ich bin eine Lesbe, mich interessieren in erster Linie Frauen, was nicht heißt, dass ich alle Männer ablehne oder gar abstoßend finde. Kiara hat mir immer erzählt, du wärst ein ganz Netter, so ganz anders als die meisten der Männer, mit denen wir es sonst zu tun haben. Mark lässt uns in der Hinsicht ja gerne seine Macht spüren. Manchmal sind da ziemliche Ärsche dabei, so richtig fett, feist und blöd, und die mich die ganze Zeit wissen lassen, dass ich für sie nur ein Fickstück bin und sonst gar nichts, und dass ich gefälligst für sie hinzuhalten habe. Ich glaube, Mark wär's am Liebsten, wir bekämen nur solche. Deswegen wundert's mich schon ein wenig, dass er dir ständig seine Kiara geben will. Eigentlich sieht er lieber ganz andere Schwänze in uns drin, nicht jemanden wie dich.«

Mark unterbrach. Seine Augen hatten etwas Teuflisches angenommen.

»Verdammt Alina! Kiara soll sich an unsere Regeln halten! Und eine davon ist, dass sie für in Anspruch genommene Leistungen zu zahlen hat! Sie bezahlt aber nicht mit Geld, sondern mit dem, was sie hat und ist, das heißt, mit ihrem Körper, insbesondere ihren Öffnungen, so einfach ist das. Das Gleiche gilt natürlich auch für dich! Und damit

ALINAS UNTERSCHICHTSMETHODEN

das auch jederzeit gut und problemlos klappt, lasse ich zwischendurch eher ein paar Sumo-Ringer über euch drüber als nun gerade Brad Pitt. Selbst bei mir ist 'ne Lesbe wie du viel williger, wenn ich sie vorher ein paar Mal von jemandem habe bearbeiten lassen, den sie eher verabscheut.

Es ist doch nun wirklich nicht nötig, dass ich euch solche einfachen Zusammenhänge immer und immer wieder erklären muss. Wenn Kiara morgen den Jonas besuchte, um sich an seinem Klavierspiel zu erfreuen, hätte sie dafür zu zahlen. Wie? Na wie immer! Ihr seid Sklavinnen!

Und genau deshalb ist es ja so ärgerlich, dass ihr euch nun gerade bei Gerhard so schwer tut. Was soll das? Gerhard erbringt eine Leistung für sie und hat folglich Rechte an ihrem Körper erworben, die sie aber aus irgendeinem, mir nicht näher bekannten Grund nicht einzulösen gedenkt!«

Alina ließ sich nicht provozieren und setzte ihren Gedankengang fort.

»Mark, was nun aber wohl in erster Linie an Gerhard selbst zu liegen scheint, der ja nicht will. Kiara würde ihn jedenfalls nicht von der Bettkante stoßen.

Aber wo war ich stehen geblieben? Ach ja ... Gerhard, du weißt auch, dass ich mich für Kiara verantwortlich fühle. Ihr soll keiner was tun. Und wenn dann einer dabei ist, der ganz besonders lieb zu meiner Kleinen ist, dann soll er auch was davon haben, ich bin schließlich ihre Aufpasserin. Und dann mache ich das richtig richtig gerne, und nicht nur, weil Mark das ohnehin von mir verlangt. Wenn du also diese Nacht ein paar Wünsche hast, dann lass sie mich wissen. Wir können ja notfalls dabei auch ein wenig erzählen ...

Vielleicht verstehst du nun auch etwas besser, warum ich all die Sachen mitmache, die Mark uns auferlegt. Mark mag auf dich stellenweise wie ein brutaler Macho und

Sklavenhalter wirken, aber meiner Liebsten tut er gut. Und das ist für mich das Wichtigste.«

Gerhard lächelte sie zärtlich an.

Man konnte Mark seine Zufriedenheit ansehen. »Alina, du hast in den letzten Tagen äußerst wichtige Arbeiten für uns alle erledigt. Ich bin sehr sehr stolz auf dich. Ich möchte dich heute schon ein wenig dafür belohnen. Wenn du nachher zu Gerhard gehst, wirst du die ganze Nacht in jeder Hinsicht seine Sklavin sein.«

Alina strahlte über ihr ganzes Gesicht. »Gerhard, schau nicht so irritiert, Mark drückt sich immer etwas oberschichtmäßig krumm und geheimnisvoll aus. Wir wissen dann aber meist sofort, was gemeint ist: Du bestimmst diese Nacht auch, ob, wann und wie oft ich kommen darf. So was hält zwar dann meist nicht lange vor, denn gleich morgen früh werde ich als Erstes von ihm ein paar Mal bis kurz davor gebracht, damit ich wieder so wie immer bin, irgendwo zwischen absolut willig und notgeil.«

»Oh! Tatsächlich? Du darfst bei mir kommen. Na hoffentlich kommt das Essen bald … Aber komisch ist das alles schon, wenn ich das noch sagen darf, obwohl ich mich sehr auf diese Nacht freue. Alina ist lesbisch, darf in erster Linie aber nur bei Männern kommen. Kiara ist wohl eher bi, kommt mittlerweile jedoch fast nur noch bei Frauen, genauer: bei Alina. Ich das nicht alles sehr verquer?«

»Gerhard, ich habe meinen Sklavinnen nie einen Rosengarten versprochen …«

»Haben wir nicht zu Hause einen, Mark?«, wandte Kiara ein.

Mark kramte in seinem Jackett.

»Hm, was könnte das jetzt sein, na ja, so schlimm war es auch wieder nicht, sagen wir mal zwei weitere Peitschenhiebe dafür, ach ja, und für Alinas ›krumme Oberschicht‹ noch zwei dazu. Liebling, ich glaube, das genügt fürs Erste. Damit kann ich mich dir nachher wirklich ausgiebig und ohne jeden Zeitdruck widmen. Wär' doch gelacht, wenn dabei nicht auch noch ein paar hübsche Striemen für deine Titten drin wären. Und deine Nippel sind mittlerweile so weit entwickelt, dass sie kaum mehr zu verfehlen sind.«

Mark legte für einen Augenblick Kiaras Brüste frei und strich mit seiner rechten Hand kreuzweise über sie hinweg.

»Genau hier und hier werde ich dir ein paar kräftige Striemen setzen, und auch hier an der Seite, schon fast bei deinen Achseln, was dir übrigens sehr gut steht. Dafür werde ich dich vorher mit den Armen an der Zimmerdecke anbinden.«

Marks Hand glitt langsam weiter über ihren Bauchnabel, um kurz oberhalb ihres Venushügels zur Ruhe zu kommen.

»Und auch hier möchte ich gleich noch ein paar schöne Streifen sehen. Kiara, du kannst dir gar nicht vorstellen, wie wunderbar du dann anzuschauen bist.«

Kiara gab ihm einen innigen Kuss.

»Ach Liebling, wie wär's, wenn du dir die Striemen in deiner Sado-Maso-Lesbenschnulze morgen wieder von Alina wegküssen und -lecken lässt, einfach so, hm? Soll ich mich dir als Ghostwriter zur Verfügung stellen?

Aber ich denke, du bleibst am Besten morgen den ganzen Tag im Bett, um dich ein wenig zu erholen, mal sehen, wie fit du am Abend wieder bist, vielleicht habe ich ja Lust, dann noch eins draufzusetzen ... Na Gott sei Dank, unser Essen scheint zu kommen.«

IM BETT MIT MARK

Kiara hatte ihre Arme um seinen Nacken und ihre Beine um seine Hüften geschlungen. So hatten sie es beide am liebsten, denn das erlaubte es ihm, besonders tief in sie einzudringen und ihr, sich ihm völlig hinzugeben.

Doch er rührte sich kaum. Hin und wieder zog er seinen hart erigierten Penis ein Stück aus ihrer Vagina heraus, um ihn dann ganz langsam von dort wieder zu seiner bevorzugten Parkposition zurückzustoßen. Auch ließ er ihn manchmal nur wenige Millimeter vor- und zurückgleiten, wobei er stets darauf achtete, dann möglichst tief in sie einzudringen und mit seinem Penisansatz ihre Klitoris und ihre Schamlippenpiercings zu reizen. Sie wusste, er würde dies noch stundenlang so treiben können.

Der Sex mit ihm hatte hierdurch etwas Beiläufiges und doch auch sehr Bestimmendes an sich. Es war fast so, als wenn er ihr damit sagen wollte: »Du bist nur zu meinem Vergnügen da. Und deshalb bestimmte ich, wann und ob es hier gleich weitergehen wird. Vielleicht denke ich erst einmal über etwas ganz anderes nach. Oder auch nur an andere Frauen. Du bist sowieso nur das Behältnis für mein Vergnügen.«

Mark hatte sich auf seine linke Hand gestützt und streichelte nun mit der anderen Hand zärtlich die von ihm vorhin stark gepeinigten Brüste. Er senkte seinen Kopf und gab ihr einen leidenschaftlichen Kuss.

»Liebling, es ist wunderbar, dich so ganz in Besitz zu nehmen. Du bist herrlich entspannt und offen.«

Und das war sie auch. Bereits bei den ersten Schlägen war jegliche noch verbliebene Spannung aus ihrem Körper gewichen. Und so hatte er sie jetzt im Bett, gut vorbereitet und wie für ihn geschaffen: die Hingabe in Person. Etwas wie Widerstand kannte sie nicht mehr.

Seine Peitschenhiebe waren diesmal sehr schmerzhaft und anstrengend gewesen. Auf der einen Seite war sie nun viel zu erschöpft, um sich ihrer eigenen Sexualität zu widmen, auf der anderen Seite aber auch zu müde, sich mit

ALINAS UNTERSCHICHTSMETHODEN

den von Li-Ying vermittelten Methoden einem sie kraftvoll penetrierenden Mann entgegenzustellen. So war sie ihm sehr dankbar dafür, dass er sie diese Nacht erst gar nicht auf die Probe stellte, sondern sich betont langsam und behutsam in ihr bewegte.

Aber vielleicht gab ihm das auch nur das Gefühl, auf diese Weise ganz besonders viel von ihr zu haben. Und er kostete wahrlich jede Sekunde mit und in ihr aus.

Mark war ein sehr potenter Mann. Bevor er nicht vier- oder fünfmal in ihr gekommen war, würde er auch diesmal wieder nicht von ihr lassen. Es beeindruckte sie jedes Mal, dass er kaum Pausen benötigte. Irgendwann würde er seine Bewegungen ein wenig verstärken und sich dann auch bald zuckend in ihr ergießen. Die meisten Männer hatten dann fürs Erste genug, um vielleicht später noch einmal in sie einzudringen. Doch Mark blieb einfach da, wo er war, und sie konnte an dem von ihm ausgeübten Druck an ihren Scheidenwänden auch nicht erkennen, dass er dabei in irgendeiner Weise nachließ.

Sie genoss dieses Gefühl, wenn sich Sperma und Scheidenflüssigkeit wie zu einem Gleitgel vermengten, um sich dann zwischen Penis und Vagina zu legen und langsam aus ihr herauszufließen. Für sie war dies ohnehin ein fast alltägliches Erlebnis, denn oft wurde sie ja kurz hintereinander von mehreren Männern genommen, die sich alle dieses spezielle Vergnügen nicht entgehen lassen wollten. Doch Mark verschaffte ihr diese besondere Freude ganz alleine.

Kiara schmunzelte in sich hinein. Sie hatte einmal gelesen, dass Schimpansenweibchen häufig kurz hintereinander mit verschiedenen Männchen kopulieren, was der Grund für deren außerordentlich leistungsfähige Hoden sei, denn nun komme es darauf an, das Sperma eines vorherigen Konkurrenten zu verdrängen. Sie nahm sich vor, Marks Hoden bei Gelegenheit als Schimpansenhoden zu titulieren. Entweder er kannte den Zusammenhang, dann würde er sich geschmeichelt fühlen, oder er kannte ihn nicht, dann würde sie es mal wieder mit der Peitsche zu tun bekommen. Doch wenn sie es sich recht überlegte, dann dürfte er dies zwar alles wissen, würde ihr aber trotzdem unterstellen, ihn nur wieder als Steinzeitmann oder jetzt noch gesteigert gar als Affen beschimpfen zu wollen. Egal wie man es drehte oder wendete, sie bekäme in jedem Falle die Peitsche. Sie lächelte. Dies schien ihr Grund genug zu sein, die Schimpansensache weiter zu verfolgen.

Und wieder stieß er sein steifes Glied mehrfach kurz hintereinander in sie hinein, um gleich darauf für eine Weile innezuhalten. Es folgte eine ganze Serie kräftigster Bewegungen, bei der er sie mit beiden Händen an ihren Haaren packte, ihren Kopf ein wenig anhob und leidenschaftliche Küsse auf ihre Lippen setzte. Ein leichter, angenehmer Schmerz machte sich auf ihren gepiercten Schamlippen bemerkbar. Er atmete nun tief und schwer, und dann dauerte es auch nicht mehr lange, und sie konnte spüren, wie er seine warme Flüssigkeit in schweren Schüben in sie hineinspritzte, während sie – sich ihm dabei vollständig hingebend – ihren Rücken leicht durchdrückte, ihm ihre schmerzenden Brüste entgegenstreckte und ihren Kopf ein wenig in den Nacken legte. Zwei, drei kurze Stöße, und sein Penis war von seiner eigenen frischen Sahne vollständig umschlossen. Sie war nun so weit mit seiner Flüssigkeit aufgefüllt, dass diese bei jeder seiner Bewegungen aus ihrem Scheideneingang quoll, um sich von dort einen Weg hinunter zu ihrem Hintereingang zu bahnen.

Sie genoss dieses wundervolle Gefühl. Es erinnerte sie an die vielen Abende, an denen er sie sich mit anderen teilte, um sie anschließend – so geschändet – mit dem zufriedenen Stolz des Besitzers allen Anwesenden zu präsentieren. Und an die leidenschaftlichen Küsse, mit denen er sie dann bedeckte, sie dabei immer wieder seine kleine Hure nennen.

ALINAS UNTERSCHICHTSMETHODEN

Wie sehr hatte sich doch durch ihn ihr Liebesleben verändert. Als sie noch mit Jens zusammen war, fand der Sex oft im Dunkeln statt. Liebend gerne hätte sie seine Blicke auf sich gespürt, doch Jens wollte das offenbar nicht.

Einmal waren sie zusammen an der französischen Atlantikküste gewesen, sie, die ehrgeizige Studentin, und er, der aufstrebende Systementwickler. Beide hatten sie die Sonne, die salzige Luft und das Leben in freier Natur genossen.

Sie hatte ihn an die Hand genommen, hinauf auf die weißen Dünen, die schier endlos waren und ihr viel höher erschienen, als das, was sie von ihren gelegentlichen Aufenthalten an der deutschen Nordseeküste her kannte. Bald hatten sie eine einsame Stelle für sich gefunden, sich rasch ihrer spärlichen Kleidung entledigt, und Jens machte sich auch bereits an ihren Brüsten zu schaffen, die sie ihm mit aller Leidenschaft willig entgegenbot, als sie ihn sah, diesen krausköpfigen Jungen von vielleicht 15 Jahren, der wohl aus dieser Gegend stammte, und der ihnen, jedes günstige Versteck in den Dünen kennend, scheinbar gefolgt war, und nun, nur wenig verschämt, doch dafür umso neugieriger hinter einer Pinie hervorlugte und sie beobachtete, wie sie sich ganz sanft und wie Gott sie schuf in den Sand zurückfallen ließ, um ihren Geliebten im strahlenden Lichte der Sonne zu empfangen, und wenigstens für einen kleinen Augenblick den Schmerz darüber zu vergessen, dass dieser sie im Schlafzimmer zu Hause stets nur im Dunkeln nahm.

Sie hatte nur ganz kurz gelächelt, wohl eher geblinzelt, doch schon diese kleine Reaktion hatte gereicht, um Jens zu signalisieren, dass sie nicht allein waren auf diesem wunderschönen einsamen Fleckchen Erde. Er hatte sich umgedreht, sofort nach seiner neben ihnen im Sand liegenden Kleidung gegriffen und sie damit bedeckt. Und dann war er auch schon aufgesprungen, um den nun hastig davoneilenden Jungen mit einigen wenigen französischen

Schimpfwörtern zu beleidigen und zu verjagen. Nie wieder danach hatte sie ihn dazu bewegen können, es mit ihr in freier Natur zu tun.

Einen Augenblick dachte sie daran, was wohl passiert wäre, wenn sie sich damals alleine in den Dünen gesonnt hätte. Sie hatte sich an diesem Tag so gut, so lebendig wie selten zuvor gefühlt. Denkbar, dass sie dem Jungen keck zugezwinkert hätte, dabei durchaus hoffend, dieser möge doch bitte seine Scheu überwinden und sich ihr ein wenig nähern. Und vielleicht hätte sie ihn dann seine ersten Erfahrungen machen lassen, wenn es denn überhaupt seine ersten waren, denn vermutlich war ihr längst eine andere Touristin zuvorgekommen.

Wie anders war ihr Leben jetzt. Größer hätten die Unterschiede kaum sein können. Sie erinnerte sich, einmal einen ganzen Abend lang auf einem Küchentisch von Marks Freunden genommen worden zu sein. Wie lange hatte sie danach noch ihre klaffende und tropfende Möse den Männern präsentieren müssen. Ihre Beine waren angezogen und gespreizt, ihre Öffnung ausgestellt und weithin sichtbar, als immer wieder ein anderer Mann zu ihr trat, ihr an die Brüste ging oder sie auch sonst wie begrapschte, um dann ihre Schenkel noch einmal ein wenig auseinanderzudrücken und sich über ihre so von ihnen benutze und restlos besudelte Liebeshöhle zu belustigen.

Oder das andere Mal, als Mark ihr vorher die Augen verband, um ihr dann zu eröffnen, dass ein Mann auch seine Ehefrau mitgebracht habe. Aber nicht etwa, um ihr als Frau beizustehen, sondern sich ihrer noch viel schamloser als die Männer zu bedienen. Sie spürte es gleich, als sie das erste Mal nach ihren Nippeln griff. Männer wollten meist nur ihren Spaß haben und sich in ihr entladen. Doch diese Frau wollte mehr. Sie wollte sie durch kleinste Gesten demütigen und nach ihrer Seele greifen. Damals begriff sie, dass Männer den weiblichen Körper nie ganz verstehen würden. Diese Frau aber tat.

ALINAS UNTERSCHICHTSMETHODEN

Mark hatte seine sanften Bewegungen längst wieder aufgenommen.

»Ich liebe dich, Kiara. Und niemand hat es jemals zuvor geschafft, mein Herz zu erobern und mir dabei noch so viel Vergnügen zu bereiten, wie du«, flüsterte er ihr ins Ohr.

Sie ahnte, dass er gleich wieder so weit sein würde. Und es war ihr alles schon längst so vertraut und auch ans Herz gewachsen: sein heftiger werdender Atem, seine sich leicht eintrübenden Pupillen, seine sich in ihrem Schopf verkrallenden Hände, die kleinen Schweißperlen auf seiner Stirn und dann sein Stöhnen und das Pulsieren seines Gliedes, wenn er schließlich seine Liebessäfte in ihr vergoss. Sie freute sich dann für ihn, für die schönen Gefühle, die er in diesen Augenblicken erlebte und die sie ihm bereitete. Sie liebte ihn, und zwar genau so, wie er war.

Zu Beginn ihrer Bekanntschaft hatte sie noch oft damit gehadert, wie er sich überhaupt das Recht herausnehmen konnte, nach Belieben in ihr zu kommen, sie dann aber meist unbefriedigt zurückzulassen. Doch diese Zeiten waren längst passé. Sie hatte eine ganz andere Droge gefunden: Sie wollte gefallen, in erster Linie Alina und ihm, aber auch allen anderen Frauen und Männern, denen er sie zuführte, und sei es nur, um seine freudige Erregung dabei zu spüren. Sie wollte Objekt der Begierde, seine kleine Hure sein.

Er legte eine Hand auf ihre Wange und ließ seinen Daumen über ihre Lippen kreisen.

»Liebling, du wirst auch diese Nacht nicht kommen dürfen. Du sollst nur mein Vergnügen sein und dich mir restlos öffnen und hingeben. Ich kann förmlich spüren, wie sehr du dich darum bemühst, was mich mit großem Stolz erfüllt. Denn so weiß ich, dass es dir in erster Linie darum geht, mich in dir zu haben und meinen Samen in dich aufzunehmen. Und meine Sklavin zu sein.

Während unseres Urlaubs im Herbst werde ich dich auf diese Weise schwängern. Und dabei kannst du dann so oft kommen, wie du willst und kannst.«

Mit ihren Armen zog sie ihn zu sich heran und küsste ihn auf den Mund, wobei sie ihre Lippen zu einem Oval formte, um ihm mit seiner Zunge auch hier Einlass zu gewähren.

DIE MÄNNER UND IHR HAREM

STRATEGISCH

Mark und Michael hatten sich am Abend zu ihrer wöchentlichen Strategiesitzung eingefunden. Es war ein schwülwarmer Frühlingsabend und so traf man sich diesmal auf der Terrasse.

Zum ersten Mal nahm auch Miriam an den Gesprächen teil. Sie war wie Kiara nur mit einem ledernen und beringten Halsband und etwas Schmuck bekleidet, Alina sogar nur mit Ohrringen und einem erst unlängst erstandenen Panamahut, der wie für sie geschaffen schien. Mark und Michael trugen wie üblich ganz normale Geschäftskleidung.

Die Gespräche der beiden Männer wollten diesmal kein Ende nehmen, sodass Kiara bereits damit begonnen hatte, die Sterne am Firmament zu zählen. Doch schließlich war es dann so weit.

»So, ihr Lieben, das hat heute leider ziemlich lange gedauert, war aber für Michael und mich sehr wichtig und auch ergiebig. Miriam, ich hoffe, wir haben dich nicht gleich zu sehr verschreckt. Ich kann dich aber beruhigen: Die meisten Sitzungen sind viel eher zu Ende. Liegt auch in unserem eigenen Interesse, schließlich wollen wir ja noch etwas von unseren Sklavinnen haben, he he.«

Kiara meldete sich zu Wort.

»Mark, so ganz sind wir leider nicht durch. Ich habe nämlich noch ein sehr strategisches Thema von großer Bedeutung!«

»Strategisch? Liebling möchtest du dich an irgendwelchen Firmenübernahmen beteiligen, oder wie darf ich das verstehen? Konnte ich am Ende dein Interesse doch noch für Hydraulik-Probleme gewinnen?«

»Ähm, nein Mark, viel schlimmer. Mit solch kleinen und unbedeutenden Dingen wollte ich mich nicht abgeben.«

»Aha. Ich entnehme deinen Worten vor allem zweierlei: Erstens, du freust dich auf die Peitsche heute Abend, die dir dank deiner frechen Bemerkung jetzt bereits sicher ist. Und zweitens: Du möchtest mich wieder einmal ganz geschickt in eine Diskussion über irgendein völlig belangloses Thema verwickeln, bei der ich in aller Seelenruhe eingelullt werde und dann am Ende schrägen Vorschlägen zustimme, denen ich im Vollbesitz meiner geistigen Kräfte niemals zugestimmt hätte. Wie damals bei Alina. Ach Alina, sollte ich jetzt auch nur die Spur einer Ironie in deinen Augen sichten, dann bekommt Kiara die Folgen davon nachher in einem Aufwasch gleich mit zu spüren. Haben wir uns verstanden?«

Alina nickte stumm, wobei sie ihre Lippen kräftig aufeinander presste, damit diese nicht versehentlich das zum Ausdruck brachten, was sie gerade dachte. Mark ließ sich nicht beeindrucken und setzte die Unterhaltung fort.

»Aber Liebling, das war eben ein angenehmer und wirklich sehr ergiebiger Abend. Ich will mal nicht so sein. Schieß los!«

»Mark, du möchtest doch einen Sohn von mir.«

Kiara wählte ganz bewusst das Wort ›Sohn‹, um ihn von vornherein milde zu stimmen.

»Du weißt, Miriam, Alina und ich machen ganz viel zusammen, neuerdings sogar auf deine Anordnung hin. Ja und du und Michael, ihr seid auch ganz viel zusammen. Vielleicht will ja Michael von Miriam irgendwann ebenfalls ein Kind.«

Mark grinste Michael an. »Michael, das wäre mir vollkommen neu. Verschweigst du mir als deinem besten

DIE MÄNNER UND IHR HAREM

Freund etwas?« Es war den beiden Männern deutlich anzusehen, dass sie sich genau über dieses Thema bereits intensiv unterhalten hatten.

»Mark, natürlich wünsche ich mir ein Kind. Aber nur von einer richtigen Frau, keiner Zicke. Nur einer, die sich mir wirklich schenkt, und zwar ohne Wenn und Aber. Und die man auch schon mal zu seinen Freunden mitnehmen kann. Ehrlich gesagt, mir kamen bei Miriam schon die Zweifel. Aber seitdem sie zum Ponygirl-Unterricht geht, ist sie wie ausgewechselt. Offenbar ist das genau das Richtige für sie. Mark das war eine großartige Idee von dir. Also wenn das mit Miriam in dem Stil so weitergeht, wie in den letzten Wochen und Tagen, dann will ich auf jeden Fall ein Kind von ihr.«

»Na, da siehst du es Mark. Also Miriam und ich haben irgendwann Kinder von euch. Und wir machen ganz viel zusammen, auch auf euren Wunsch hin. Und ihr hängt sowieso den halben Tag irgendwo zusammen rum.«

»Liebling, hast du schon mal etwas von dem Wörtchen ›arbeiten‹ gehört? Michael und ich hängen nicht irgendwo den halben Tag herum, sondern wir arbeiten. ARBEITEN!«

»Ja ja ja ist ja schon gut Mark, ich wollte dich nicht verärgern. Worauf ich hinaus will: Wenn Miriam und ich Kinder von euch haben, dann könnten wir unsere gegenseitige Hilfe sehr gut gebrauchen. Und das wäre natürlich auch für euch von Vorteil, denn umso weniger würden wir durch die gleichen Aufgaben gebunden. Wir könnten sie uns teilen.«

»Michael hast du einen blassen Schimmer, was uns meine kleine Kiara damit sagen will?«

»Ne, absolut nicht. Vermutlich hofft sie, dich mit ihrer unklaren Ausdrucksweise so zu verwirren, dass du am Ende zu irgendwas zustimmst, was du noch nicht einmal verstanden hast.

Kiara, wir sind Männer, sogar Geschäftsmänner, und mit uns redest du besser wie mit Männern. Wir verstehen nur Klartext, nur die glasklare Ansage.«

»Okay, ihr beiden, ihr habt es so gewollt. Also wir haben uns gedacht, ob es nicht viel besser wäre, wenn wir alle zusammenziehen und ihr euch uns teilt. War das jetzt klar genug?«

»Hab ich es mir doch fast gedacht. Aber Liebling, stand da nicht etwa gerade das Wörtchen ›wir‹ im Raum?«

»Ja, es war ursprünglich meine Idee, aber wir haben das bereits besprochen, und Miriam und Alina sind ebenfalls dafür.«

»Aha! Eine unerlaubte Sklavinnenversammlung also, eine ganz gefährliche Sache. Die beiden anderen werden ja nicht gezüchtigt, aber Liebling, das übernimmst du ja sowieso liebend gerne für sie. Zumal es eh gerecht ist, denn es war ja deine Idee, wie du selbst sagtest. Du scheinst in diesem Falle mal wieder die Rädelsführerin zu sein.«

»Nein Mark, Entschuldigung, wir wollen hier keinen Aufstand machen. Wir haben uns nur Gedanken darüber gemacht, was da demnächst so auf uns zukommen dürfte, und wie wir die Situation für uns alle verbessern können, also für euch Männer, für uns Frauen und natürlich auch für unsere Kinder. Ist das nicht in deinem Sinne?«

»Da ist es doch! Spätestens jetzt sind wir in der Phase, wo ich mit deiner geschickten Argumentationstechnik an die Wand gedrückt werden soll. Liebling, vielleicht noch ein kleiner Tipp, damit es beim nächsten Mal noch überzeugender klingt. Es sollte heißen: ›für euch Männer, für uns Frauen und natürlich auch für eure Söhne‹. Bei der Eröffnung des Themas hattest du auf solche Feinheiten noch viel besser geachtet.«

DIE MÄNNER UND IHR HAREM

Kiara warf Mark einen zärtlichen Blick zu. Sie schätzte seine Aufmerksamkeit. Und ihr wurde wieder einmal klar, wie blind sie sich längst verstanden.

»Mark, unklare Frauen und klare Männer hin oder her, ich sehe, du verstehst nicht nur das, was ich sage, sondern auch das, was ich nicht sage. Dann muss ich mich doch jetzt nicht länger abstrampeln, dafür ist das Thema auch viel zu ernst und wichtig. Was haltet ihr beide denn von der Sache?«

»Liebling, wenn ich dich richtig verstehe, dann schlägst du vor, euch zu einem gemeinsamen Harem von uns beiden zusammenzuführen. Ist es so?«

»Ja, so ungefähr. Natürlich wären wir immer noch einem von euch zugeordnet. Also Alina und ich wären dein Eigentum und Miriam das von Michael.«

»Also im Prinzip reden wir hier von eineinhalb Frauen pro Mann. Dürfen wir das eigentlich noch Harem nennen, Michael? Hört sich jedenfalls gut an, obwohl meine saudischen Geschäftsfreunde darüber vermutlich nur milde lächeln würden. Alina, du schaust mich mit so großen Augen an, möchtest du etwas sagen?«

»Soll ich mich für euch ein wenig umschauen? Ich meine, nach einer passenden Frau?«

Ein schallendes Gelächter brach aus.

»Alina, du bist wirklich eine Nummer! Komm mal her, lass dich küssen. Was bin ich mittlerweile froh, dich damals Ellen abgekauft zu haben. Aber lass mal Alina, so notgeil sind wir nun doch wieder nicht, nicht so wie du.«

»Ja ist es denn ein Wunder? Du hast gut reden, du kommst fast jeden Tag ein paar Mal in uns, ich dafür nur, wenn Sonntag ist, die Sonne scheint und Eintracht Frankfurt gewonnen hat. Mit anderen Worten: so gut wie nie! Mark, klar bin ich oft ziemlich notgeil.«

»Was sich für eine gute Sklavin aber nicht gehört. Natürlich sollst du dich für uns bereithalten, denn was fängt man mit einer an, die keine Lust hat? Miriam kümmere dich um Alina. Spiel ein wenig an ihren Titten herum und bring sie dann bis kurz vor ihren Höhepunkt. Und dann darf sich Alina wieder rüber zu Michael setzen und für den Rest des Abends über ihre Notgeilheit nachdenken.

Doch noch einmal zurück zu unserem Mini-Harem: Wer soll denn da den Haremswächter spielen?«

»Brauchen wir denn einen?«

»Natürlich braucht man so jemanden, allein schon, damit bestimmte Standards eingehalten werden. Sonst ist es nach ganz kurzer Zeit wieder das, was es immer wird, wenn ein paar Weiber führungslos zusammen sind: ein Hühnerstall.«

»Und hast du jemanden im Auge?«

»Ja. Alina!«

»Aber Mark. Jeder normale Harem wird von Eunuchen bewacht. Alina ist so ziemlich das genaue Gegenteil davon. Du hast es ja eben selbst gehört.«

»Macht nichts. Was sie mit euch anstellt, ist mir egal, solange sie die Regeln einhält. Als Frau kann sie euch nicht schwängern, und das ist in einem Harem letztendlich entscheidend.

Aber sie könnte für Ordnung sorgen. Es kann zum Beispiel nicht sein, dass wir zusammen eingeladen sind, du kein Höschen anhast, Miriam aber sehr wohl. Ich glaube, solche Aufgaben liegen bei Alina in sehr guten Händen. Außerdem ist sie ein Samurai, wie wir in der Zwischenzeit wissen. Wenn es mal irgendwo eng werden sollte, sie kann euch beschützen. Euch anderen traue ich das nicht zu. Hättest du ein Problem mit Alina in dieser Rolle?«

»Nein Mark, überhaupt nicht. Sie hat die Funktion in deinem kleinen Harem ja ohnehin schon inne, insoweit würde sie sich auf natürliche Weise anbieten. Aber darüber habe ich noch nicht mit Miriam gesprochen. Ich will sie nicht einfach vor vollendete Tatsachen stellen.«

»Welche Rechte und Aufgaben hätte denn Alina?«, wollte Miriam von Kiara wissen.

»Miriam, fast die gleichen Rechte wie mir gegenüber. Sie darf dich zum Beispiel stellvertretend für die Männer kontrollieren und inspizieren. Wenn wir irgendwo hingehen, dann wird sie vorher schauen, ob bei dir alles richtig sitzt, ob du überall rasiert bist, kein Höschen trägst, die passenden Schuhe zum Rock gewählt hast usw. Sie kann auch mal ganze Aufgaben der Männer übernehmen. Wenn etwa Michael dich gerne beringen lassen möchte, dann kann er Alina bitten, das für ihn zu erledigen. Sie würde alle Termine vereinbaren, mit dir zum Piercer gehen und sich vergewissern, dass alles korrekt ausgeführt wird. Miriam, das ist wirklich völlig harmlos, da kannst du Alina absolut vertrauen, die will nur unser Bestes.«

»Aber du sagtest ›fast‹. Was darf sie denn bei dir und bei mir nicht?«

»Miriam, Alina hat mir gegenüber eine Sonderstellung. Ähm, sie darf fast alles mit mir machen, hat schon ungefähr die gleichen Rechte wie die Männer. Den Status hat sie sich durch ihre Sonderaktionen für mich erarbeitet, wenn ich das einmal so sagen darf.

Was sie natürlich auch prompt in die Tat umgesetzt hat. Gleich darauf wurde Michelle für einen Nachmittag eingeladen, angeblich um von ihr noch etwas zu ›lernen‹.

Aber für dich gilt das nicht, du gehörst nur den Männern. Wobei ich nicht weiß, ob das einen so großen Unterschied macht, denn sie darf dich ja jederzeit inspizieren. Bei mir passiert das jedenfalls recht oft. Ich will es mal so sagen: Du wirst wahrscheinlich ziemlich häufig ihre Hände an deiner Muschi und an deinen Brüsten spüren.«

Mark unterbrach ungeduldig: »Miriam, wie sieht es mit Alina als eurer Haremswächterin aus?«

»Ja aber dann sind Kiara und ich doch ganz unten, oder?«

»Miriam, bei uns Sklavinnen heißt ganz unten ganz oben«, warf Kiara ein.

»Wie soll ich denn das verstehen? So wie in der Bibel: ›Die Ersten werden die Letzten sein, und die Letzten die Ersten‹?«

»Ja, ungefähr so. Je weiter du unten bist, desto mehr Sklavin bist du auch. Achte auf das Wörtchen ›mehr‹.«

Mark unterbrach: »Alina darf sich hauptsächlich um die Sklavinnen kümmern, und die Sklavinnen um die Männer. Ist doch eine ganz andere Ehre, oder?«

»Und die Männer wiederum kümmern sich um die Sklavinnen, so wie ich!« warf Alina ein.

»Alina! Soll ich die Peitsche für Kiara holen? Oder brauchst du wieder deine Dusche? Gleich hast du mich so weit mit deinen frechen Anmerkungen. Im Übrigen liegst du falsch. Wir kümmern uns nicht um unsere Sklavinnen, das wäre ja noch schöner. Wir lassen uns lediglich von ihnen bedienen. Also Miriam, wie sieht es nun mit Alina als deiner Chefin aus? Ist doch ein hübsches Mädchen. Ich könnte mir Schlimmeres vorstellen.«

»Hm, muss ich mal drüber nachdenken. Okay, ich habe damit kein Problem, ich bin mit Alina einverstanden.«

MICHAEL UND MIRIAM

Mark wirkte nun überaus gut gelaunt.

»Nun gut, das hätten wir also schon mal unter unseren Sklavinnen geklärt. Es gibt aber noch einen viel wichtigeren

DIE MÄNNER UND IHR HAREM

Punkt. Wie sieht es denn mit den Gefühlen aus, insbesondere zwischen Michael und Miriam?«

»Wie meinst du das, Mark?«

»Liebling, ich liebe dich und das weißt du auch, und ich hoffe, du magst mich wenigstens halb so viel, wie ich dich. Alina und du, ihr liebt euch auch. Ja und Alina schätze ich ebenfalls sehr, sie ist mir richtig ans Herz gewachsen. Und sie ist mittlerweile auch viel aufgeschlossener, das sagen auch andere. Einige Männer in meinem Bekanntenkreis fragen schon ganz gezielt nach ihr. Offenbar tut ihr das hier alles recht gut. Oder es liegt an ihrer ständigen Notgeilheit. Aber darauf wollte ich jetzt nicht hinaus.

Michael ist mein bester Freund, und das wird er auch bleiben, mit oder ohne euch.

Soweit so gut. Leider ist das Verhältnis zwischen Michael und Miriam nicht geklärt. Ich weiß nur das, was Michael darüber denkt, das kann sich aber von dem, was in Miriam vorgeht, sehr weit unterscheiden. Und solange das nicht geklärt ist, sollten wir in der Sache nicht voranschreiten. Liebling, dein Vorschlag hat sehr vieles für sich, und meine Unterstützung hättest du. Wir sitzen nun gerade genau in der von dir gewünschten Konstellation zusammen. Ein guter Zeitpunkt, um die offenen Fragen zu klären. Ich fange einfach mal an: Michael hast du solche Gefühle für Miriam, dass du dir vorstellen kannst, länger mit ihr unter einem Dach zu leben?«

»Ja, die habe ich. Bislang nahm ich aber immer an, die seien nur auf meiner Seite vorhanden. Deshalb war ich so überrascht, dass es in den letzten Wochen so viel besser wurde.«

»Und du Miriam, wie sieht es bei dir aus? Du hast ja gerade Michaels Sorgen gehört: ›Die Gefühle könnten einseitig sein, du benimmst dich oft wie eine Zicke, aber in den letzten Wochen wurde es besser‹. Kann man sicherlich nicht alles nur auf die Hormone schieben. Vielleicht kannst du uns und ganz besonders Michael mal etwas mehr über deinen Gemütszustand erzählen, damit er und auch alle anderen hier wissen, woran wir bei dir sind.«

»Mark, ich finde es gut, das Thema einmal anzusprechen. Auch gefällt mir deine direkte Art. Trotzdem, ich habe Bammel, das wird jetzt nicht einfach für mich.«

Miriam legte eine Pause ein. »Puuuh!«

»Michael, also es ist so. Ja, ähm. Also ich liebe dich. Wenn es nicht so wäre, hätte ich all die Sachen in den letzten Monaten nicht mit mir machen lassen. Ich wollte dir ja unbedingt gefallen. Doch dann habe ich mir wieder eingeredet, die Prüfungen könnten irgendwann mal ein Ende nehmen. Bis mir dann schließlich endgültig klar wurde, wie wichtig das alles für dich ist. Du willst eine Frau, die dir und anderen zur Verfügung steht, und zwar jederzeit. Nicht eine Zicke, die man erst noch groß überreden muss, sondern eine die weiß, dass es ihre Aufgabe ist und es dann macht.

Erst habe ich das für ein Spiel von so einem Ober-Macho gehalten. Das ist es aber für dich nicht. Das bist du. Du verlangst das einfach. Und es ist von dir noch nicht einmal böse, abwertend oder gar frauenfeindlich gemeint. Im Gegenteil, du siehst das als einen ganz selbstverständlichen Teil von Liebe an.

Mir wurde also klar: Die Sachen würden immer so weitergehen. Entweder ich lasse mich ganz darauf ein, oder es wird für uns beide keine Zukunft geben.

Ja und dann war ich natürlich sehr geknickt, vielleicht hast du das gespürt. Ein großes Problem war für mich, damit allein klarzukommen. Ich habe mich doch wegen dir von Paul getrennt, und nun lebe ich ganz allein. Insgesamt kann ich das recht gut, doch nicht mit all diesen Prüfungen. Weißt du, wenn wir zusammenleben würden, und ich müsste in deiner Gegenwart mit 30 Männern ficken, ich glaube das

DIE MÄNNER UND IHR HAREM

wäre noch okay, obwohl ich mir keineswegs sicher bin. Aber am nächsten Tag damit alleine klarzukommen, Michael, das schaffe ich nicht, ehrlich nicht!

Ich habe mich wirklich sehr bemüht, doch so wird das nichts. Ich war schon einen Millimeter davor, mich von dir zu trennen, eben weil es nicht ging. Weil ich das nicht leisten kann, jedenfalls so ganz alleine für mich. Ganz besonders schrecklich ist es, wenn ich dann abends in meiner Wohnung bin. Ich kann die Erlebnisse nicht verarbeiten. Michael, ich schenke dir und anderen, mir wildfremden Männern meinen Körper, die dürfen in alle meine Öffnungen eindringen und spritzen und mich überall anfassen. Das ist sehr viel, jedenfalls für mich. Und wenn ich das schaffen soll, dann brauche ich dafür Hilfe, ganz viel Unterstützung.

Ich habe an dem Ponygirl-Training nur teilgenommen, weil ich hoffte, mit den beiden dabei mal etwas länger über mein Problem reden zu können. Und am Abend bin ich dann auch tatsächlich mit Kiara ins Gespräch gekommen. Sie hat mir sehr schön erklärt, warum sie das alles macht und wie sie sich dabei fühlt. Und dann kam sie aus heiterem Himmel mit ihrem Vorschlag raus, wobei mir schlagartig klar wurde, was mir eigentlich fehlt, woran es bei mir hapert. Ich war am nächsten Tag wie ausgewechselt. Als der Stalljunge mal wieder in meine Möse griff, habe ich unwillkürlich meine Beine breitgemacht und gedacht: ›Ja, nimm dir alles, und mehr, und tiefer‹.

Michael, wenn ich mit den beiden zusammen bin, dann macht mir das meiste sogar Spaß, dann schaffe ich das auch. Aber allein geht es leider nicht. Ich weiß noch nicht einmal, ob ich es zusammen mit dir schaffen würde. Als ganz normale Sklavin, die ganz exklusiv dir zur Verfügung steht, sicherlich ja, kein Problem. Aber diese Fremdbenutzung ist für mich so fürchterlich hart, abschreckend und belastend. Und dafür brauche ich die beiden. Ehrlich!

Ich glaube, ich hätte da schon längst mit dir darüber geredet, wenn sich irgendwo am Horizont eine Lösung abgezeichnet hätte. Die ist aber erst am Abend des Ponygirl-Trainings vom Himmel gefallen.«

Michael war ganz gerührt. »Komm Liebling, komm auf meinen Schoß. Und ihr beiden Hübschen kümmert euch um euren Mark.«

Mark nahm das Gespräch wieder auf, während sich Kiara ganz eng an ihn kuschelte.

»Miriam, vielen Dank für deine sehr aufrichtige Schilderung. Michael, ich glaube, da ist etwas ganz Wichtiges gesagt worden. Bei Kiara ist uns beiden das ja auch aufgefallen: Kaum war Alina hier, ist sie so richtig aufgeblüht. Zugegeben, sie ist gleichzeitig auch ein ganzes Stück frecher geworden, diese Nebenwirkung müssen wir wohl in Kauf nehmen, deshalb Schwamm drüber.

Natürlich ist es ein Vergnügen, eine Frau zu erziehen, aus ihr eine Sklavin zu machen, zu sehen, wie sie an ihre Grenzen kommt und manchmal auch darüber geht. Eine gut erzogene Sklavin ist etwas Wundervolles, das Schönste, was einem Mann im Leben widerfahren kann, du wirst es noch erleben. Miriam wird ebenfalls eine aufopferungsvolle Sklavin werden, da bin ich mir ganz sicher, sie ist jetzt schon auf dem besten Wege dahin.

Aber wir dürfen eins nicht vergessen: Unsere Sklavinnen machen uns täglich ein riesengroßes Geschenk, nämlich sich, und zwar mit Haut und Haaren. Das ist sehr viel und keineswegs selbstverständlich. Und es ist für sie anstrengend.

Von uns können sie nur teilweise Unterstützung erwarten, denn wir gehören ja zu denen, die sie benutzen und bedrängen.

Jeder Mensch braucht ein wenig Erholung und Regeneration. Uns stehen dafür unsere Sklavinnen zur

DIE MÄNNER UND IHR HAREM

Verfügung, wovon wir auch gerne Gebrauch machen. Doch, was ist mit ihnen?

Unlängst sprach ich mit Michelle darüber. Sie gab mir den Rat, euch mehr Zeit zuzugestehen, und zwar Zeit, die ihr zusammen verbringt. Sie meinte, Sklavinnen, wie ihr sie seid, bräuchten das, um Kraft zu tanken. Ich halte sehr viel von Michelle, und ich denke, hier hat sie recht.

Ich war schon immer der Meinung, dass Frauen Frauen brauchen und zu Frauen gehören, so bleiben sie auch immer schön weiblich. Entsprechendes gilt für uns Männer. Frauen und Männer passen nicht wirklich zusammen, jedenfalls nicht ständig.

Es sind die Gegensätze, die das Leben reizvoll machen. Nichts tötet die Liebe schneller ab, als wenn ein Paar sich ständig sieht, zusammen aufsteht, die Zähne putzt, einkaufen geht, den Alltag meistert. Mann und Frau sollten vor allem in den guten und wichtigen Momenten zusammen sein. Zu den anderen Zeiten sollte sie dann eher etwas mit ihren Freundinnen machen.

All dies gilt umso mehr für Sklavinnen. Ich denke, ihr werdet euch gegenseitig brauchen, um das verarbeiten zu können, was täglich mit euch geschieht. Deshalb wird es von meiner Seite ausgesprochen wohlwollend gesehen, wenn ihr sehr viel zusammen seid und auch unternehmt.

Alina, ich bitte dich aber darauf zu achten, dass es unter euch friedlich zugeht. Auch dafür würdest du die Verantwortung tragen. Ich möchte kein Rumgezicke unter euch erleben. Wenn wir dem Vorschlag Kiaras folgen, dann werdet ihr von uns normalerweise wie eine Einheit behandelt. Und Miriam, wenn sich Michael dann fünfmal hintereinander mit Kiara oder Alina vergnügt, dann hast du das wie selbstverständlich zu akzeptieren. Ich möchte keine Eifersüchteleien dieser Art erleben. Ist das klar?«

Die Frauen nickten.

»So und nun wieder zurück zu euch beiden. Michael und Miriam, sind die Fronten jetzt eigentlich zwischen euch geklärt? Wenn ja, dann denke ich, sollten wir dem Vorschlag Kiaras folgen und ihm zustimmen.«

Michael hatte seine Hand zwischen die Schenkeln Miriams gelegt, während er mit seinen Lippen an ihren Brüsten saugte.

»Ja, im Prinzip schon, Mark. Allerdings hat mir Miriam noch eine Frage nicht beantwortet.«

»Und die wäre?«

»Miriam bitte hör genau hin. Jedes Wort ist wichtig. Und sag bitte nur ›Ja‹, wenn es aus ganzem Herzen kommt. Möchtest du meine Frau und Sklavin werden?«

Miriam errötete vor Freude. »Du möchtest, dass wir heiraten, und ich dann deine Sklavin bin, so wie Kiara bei Mark?«

»Ja.«

»Und wirst du mich dann auch so bestrafen? Ich meine: auspeitschen?«

»Miriam, eins kann ich dir auf jeden Fall versichern: Niemand außer mir dürfte dich züchtigen. Ich liebe dich. Und wenn es für dich nun gar nicht anders geht, dann werde ich auch noch auf mein Recht verzichten. Sehr viel schöner und romantischer wäre es allerdings, wenn du keine Bedingungen stellst.«

»Du meinst, ich sage ›Ja‹, und damit gebe ich dir das Recht, über mich und meinen Körper ohne Einschränkungen zu verfügen.«

»Ja. Es wäre ein Vertrauensbeweis, ein sehr schönes Eheversprechen.«

Man konnte Miriam ansehen, wie es in ihrem Kopf hämmerte: »Und welchen Vertrauensbeweis wirst du mir geben?« Doch sie war das ewige Kämpfen satt. Gleich war sie im Beruf und vor dem Gesetz. In ihrer Ehe sollte aber er über sie verfügen.

Für einen Moment dachte sie an ihren Ex-Freund Paul. Sie lächelte. Wie oft hatten sie sich erst über Nichtigkeiten gestritten, bis es dann endlich einmal Sex gab. Das würde nun alles viel einfacher werden. Man würde sie auffordern, sich auszuziehen und die Beine breitzumachen. Keine Fragen, keine störenden Gedanken, keine Bedenken, keine Widerrede, keine Gleichberechtigung. Einfach nur Ficken.

Miriam beugte sich langsam nach vorne und gab Michael einen innigen Kuss auf den Mund. »Ja, du Schuft, nun hast du es also doch noch geschafft. Ja, ja, ja! Ich will deine Ehefrau und Sklavin sein, und zwar so, wie du es von mir verlangst. Ich werde dich nicht enttäuschen.«

Mark, Kiara und Alina jubilierten und klatschten. Mark sprang vor Freude auf: »Großartig! Das muss gefeiert werden. Kiara und Alina, holt bitte aus der Küche ein paar Gläser und eine Flasche Taittinger, und dann lasst uns darauf anstoßen. Und danach machen wir noch ein kleines Sandwich mit Miriam, um die Sache endgültig zu besiegeln.« Zu Kiara und Alina gewandt: »Und ihr beiden kümmert euch dabei um ihre Titten.«

Nach dem jeder einen ersten Schluck genommen hatte:

»Michael, ich überlege gerade, ob wir unsere Hochzeiten nicht zusammenlegen könnten. Wie wäre es mit Ende Juli. Und der Joachim könnte doch sein Sommerfest mal ausnahmsweise etwas früher legen. Weil dann könnte auch Kiara noch problemlos teilnehmen.«

Miriam schaute ihn überrascht an. »Wie meinst du das?«

»Nun, wir könnten samstags heiraten, machen dann noch eine kleine Feier mit unseren Eltern und allem Drum und Dran, und abends um elf gehen wir dann auf Joachims Fest.«

»Und das wäre dann meine Hochzeitsnacht?«

»So wie die Hochzeitsnacht einer perfekten Ehesklavin zu sein hat.«

Kiara schaltete sich in das Gespräch der beiden ein, weil sie befürchtete, Miriam könnte sich da gleich in etwas hineinsteigern. Sie lächelte sie an.

»Miriam, ich weiß, das alles ist noch immer sehr schwer für dich. Aber du hast dem Michael eben ein Versprechen gegeben. Ich weiß nicht, wie ihr beiden das in der Zwischenzeit halten wollt, aber spätestens dann, wenn ihr verheiratet seid, gilt das. Wie ich Michael einschätze, wird es da genauso wenige Ausnahmen gegeben, wie bei Mark, nämlich keine. Und wenn die Hochzeit zum Beispiel irgendwann an einem Juli-Samstag um zwölf Uhr vollzogen wird, dann bist du spätestens um zwölf Uhr eins ganz offiziell seine Sklavin.«

Mark unterbrach. »Nein Kiara, nicht um zwölf Uhr eins, sondern um zwölf!«

Kiara schmunzelte. »Ja, oder so. Miriam, wir sind doch dann zusammen, mach dir also nicht so viele Gedanken. Wenn es Michael ein Vergnügen ist, dich in der Hochzeitsnacht mit zwanzig Männern zu teilen, dann ist das so. Es ist deine ganz normale Aufgabe. Das würde noch nicht einmal als Hochzeitsgeschenk durchgehen. Eins kann ich dir aber garantieren. Wenn du dann meinem Mark durchblicken lässt, dass du mit all dem ein Problem hast, dann werden da noch ganz andere Dinge auf dich zukommen, dafür kenne ich den jetzt schon lange genug, dann darfst du den ganzen Abend Schwänze lutschen und anschließend wirst du noch versteigert oder so.«

Mark schaute sie mit einem rabenschwarzen Grinsen an.

»Kiara, vielleicht sollte ich dich in Zukunft erst einmal zurate ziehen, bevor ich mit euch Dreien etwas anstelle. Versteigern! Eine ganz wunderbare Idee. Durchaus denkbar, dass jemand aus dem Kreis mit zwei frisch vermählten Ehefrauen eine kleine Hochzeitsreise machen möchte.«

»Mark, ich weiß, dass dir bei solchen Sachen die Fantasie durchgeht. Aber ich glaube, du willst dann auch mal was von deiner Frau haben, die ja schon in Gedanken bei ihrer baldigen Schwängerung ist, oder? Miriam, mein Tipp wäre: Versuch das, was du Michael versprochen hast, ab sofort zu leben. Wenn du erst einmal verheiratet bist, und dann feststellst, dass das doch viel zu schwer für dich ist, selbst zusammen mit Alina und mir, dann ist das ein bisschen sehr spät. Fang gleich jetzt damit an. Die beiden sind so. Sie lieben uns, wollen aber immer wieder sehen, wie wir uns anderen hingeben, und zwar für sie. Nenn es meinetwegen einen Fetisch. Der ist dir aber nicht neu, darüber haben wir schon oft gesprochen. Wenn du ab sofort als Sklavin von Michael lebst, dann heißt das unter anderem: Die beiden überlegen sich, was sie mit uns in der Hochzeitsnacht anstellen, und du akzeptierst das. Du wunderst dich noch nicht einmal darüber, weil es ja ohnehin deine Aufgabe ist. Du bemühst dich nur, es so gut zu machen, wie es dir möglich ist, und zwar mit einem inneren Lächeln, kein aufgesetztes und aufgezwungenes, sondern eins, das aus dem Herzen kommt.«

Man konnte Mark seine Rührung ansehen. »Kiara, vielen Dank für deine wunderschönen Worte. Und zur Belohnung darfst du bei Alina vor dem Einschlafen noch ein paar Mal kommen. Man könnte glatt auf die Idee kommen, Alina doch noch mit der Suche nach einer weiteren Sklavin zu beauftragen, denn offenbar setzt hier ab einem bestimmten Punkt eine Selbststeuerung ein. Sklavinnen erziehen Sklavinnen. Die Sklavin wird von euch ganz alleine perfekt erzogen und vorbereitet, und wenn sie dann so weit ist, steht sie uns zur Verfügung. So eine Siebzehnjährige könnte mir gefallen. Welch fantastische Perspektive!« Dabei zwinkerte er Kiara zu. Sie wusste genau, dass er gerade wieder abhob.

»Mark, du könntest doch gar nichts mit so einem jungen Ding anfangen. Du schläfst zum Beispiel ganz besonders gerne mit Lorena und die ist fast in deinem Alter. Du bevorzugst Sklavinnen in Augenhöhe. Wenn es nur nach Jugend ginge, dann müsste Alina bei uns deine Hauptfrau sein.«

»Ist sie das nicht? Ich habe sie eben zu eurer Chefin gemacht.«

»Genau deshalb ist sie es nicht, nicht wahr, Mark?« Sie zwinkerte ihm dabei zu.

»Ja ja, ich weiß, ich habe nicht nur die besterzogenste, schönste und geilste Sklavin der Welt, sondern auch die klügste, was natürlich mehr Nachteile als Vorteile hat, he he.«

»Ich bin gewiss nicht die geilste Sklavin der Welt, und trotzdem hast du sie.« Dabei zwickte Kiara Alina ganz zärtlich in die Brust. Die beiden Frauen lächelten sich an und gaben sich einen flüchtigen Kuss.

Auch Miriam schmunzelte jetzt: »Mark, sag mal, kann ich nicht schon sehr bald bei euch einziehen? Ich denke, ich brauche das tägliche Gespräch mit Kiara. Wenn ich die ganze Woche über allein bin, machen sich bei mir vermutlich sofort wieder negative Gedanken und Gefühle breit. Was meinst du?«

»Gute Idee, Kleines. Du könntest mit einem Teil deiner Sachen sofort zu den beiden ziehen, die haben noch etwas Platz da unten. Kiara hat nicht viele Sachen eingebracht und Alina überhaupt keine. Die hat zwar einen Schuh- und Hut-Tick, wie sich jetzt herausgestellt hat, na ja, Lesbe hin oder her, ist eben doch ein Weibchen, aber als ich sie übernommen habe, hatte sie nur das dabei, was sie anhatte. Eigentlich braucht sie als Sklavin auch nichts. Leider hatte ich bei der Übergabe keine Zeit und auch das Wetter war an dem Tag ziemlich mies. Stilechter wäre es natürlich gewesen,

DIE MÄNNER UND IHR HAREM

Ellen hätte ihr das Halsband abgenommen, ich hätte meins drangemacht, und dann wäre sie als mein neues Eigentum nackt und mit einer Kette am Halsband hierher verfrachtet worden.

Miriam, ich gebe dir nachher eine Karte von einer Umzugsfirma. Wenn du mit den beiden geklärt hast, was du mitbringen darfst, dann lässt du den Rest die Firma machen. Wenn du dabei noch Fragen hast: Alina ist für dich zuständig.

Für Michael und dich werden wir aber einen Extraanbau benötigen, wir haben hinter dem Haus noch genügend Platz. Ja und dann brauchen wir auch Räume und Spielplätze für die eins, zwei, drei, vier, fünf, sechs, he he Kinder, die hier irgendwann mal rumtoben werden. Ich werde nächste Woche gleich den Architekten kommen lassen und ihm ein wenig Druck machen, eure Räume sollten ja nach Möglichkeit im Sommer einzugsbereit sein. Nicht dass dich Michael erst noch ein paar Mal anderen als Urlaubsbegleitung zur Verfügung stellen muss, bevor du bei ihm endlich einziehen kannst.«

»Mark mach dir keinen Stress. Wenn die Sachen nicht früher fertig werden, dann machen wir es eben so.«

Mark, Michael und Kiara grinsten über das ganze Gesicht. Michael nahm sie zärtlich in seine Arme und gab ihr einen Kuss.

»Miriam nun übertreib nicht gleich. Das Zusammensein mit Kiara wird dir bestimmt gut tun, damit du deine Balance wiederfindest. Also ich werde meine frischgebackene Ehefrau und Sklavin garantiert nicht mehrere Wochen lang mit anderen Herren auf den Weltmeeren herumschippern lassen, nur weil hier noch herumgezimmert wird. Außerdem wird der Anbau dann längst fertig sein, weil Mark ja die Termine setzt, und der kann mächtig Druck machen, davon kann ich dir ein Lied singen, und ich glaube Kiara auch.«

»Stimmt. Spätestens dann, wenn er sich mit dem Bauleiter über den Projektstand in seinem Auto unterhält, und der dabei mehrere unvermittelte Vollbremsungen überstehen muss, wird er alles daran setzen, die von Mark gesetzten Termine einzuhalten.«

»Liebling, Anwälte können viel überzeugender sein, als so etwas. Aber gut zu wissen, womit man bei dir die letzten Widerstände brechen kann. Ich dachte bislang, das funktioniere in erster Linie über deine Nippel, aber es ist natürlich immer schön, Alternativen zu haben.«

»Mark kann ich Michael noch etwas bitten?«

»Nur zu Liebling, nun sitzen wir einmal alle zusammen und sollten auch alles ansprechen.«

»Michael, du weißt, Miriam ist meine beste Freundin. Wir kennen uns schon viele Jahre. Ich fühle mich ein bisschen verantwortlich dafür, dass sie jetzt in eurem Kreise ist, weil nur durch mich hat sie euch kennengelernt.

Leider sind wir in vieler Hinsicht sehr verschieden. Ich habe mir von Anfang an gewünscht, mich einem Mann zu unterwerfen. Auch darf er mir dabei Schmerzen zufügen. Miriam ist da ganz anders. Bitte geh mit ihr behutsam um und fordere vor allem zu Beginn nicht zu viel von ihr.

Und noch eins: Wenn du sie deinen Freunden zur Verfügung stellst, bitte nimm immer jemanden von uns mit. Sie braucht das momentan, sie hat es eben selbst gesagt. Mark, du hast das vorhin sehr treffend ausgedrückt: Ihr verlangt sehr viel von uns, und wir geben euch auch sehr viel. Aber uns fällt das deutlich leichter, wenn wir dabei nicht allein sind. Schau mal, zehn Männer und eine Frau, ich glaube das würde selbst mir noch immer ein wenig Angst einflößen. Wir fühlen uns viel sicherer, wenn da noch eine zweite Frau ist, mit der man sich jederzeit austauschen kann. In der Gegenwart von vielen Männern braucht man als Frau vor allem eine Frau und als Sklavin eine Sklavin.«

»Kiara, ich habe Miriam eben genauso verstanden. Das, was da in der Vergangenheit gelaufen ist, wird nicht wieder vorkommen. Aber jetzt, wo wir demnächst ohnehin alle zusammenleben, scheint das ja auch nicht mehr nötig zu sein. Und auch meinen Freunden werden zwei Frauen bestimmt mehr Vergnügen bereiten, als eine. Insoweit ist das ganz in unserem Sinne.«

Mark sah sich genötigt, wieder etwas Struktur in die Unterhaltung zu bringen.

»So, nachdem nun also scheinbar alle Punkte abgehakt sind, möchte ich noch etwas zur Organisation sagen. Wir sitzen nicht immer alle so zusammen, wie heute Abend. Manchmal wird eine von euch etwas auf dem Herzen haben, was ihr in dem Moment besonders wichtig erscheint. Nun möchte ich aber nicht dreimal am Tag von verschiedenen Frauen irgendwelche Sorgen hören. Man kennt das ja.

In Zukunft wird es deshalb so laufen: Wenn eine von euch ein Anliegen hat, dann klärt das bitte zunächst einmal unter euch. Wenn ihr alle der Meinung seid, dabei handele es sich um eine wichtige Angelegenheit, die unserer Konsultation oder gar Zustimmung bedarf, dann soll Alina bei uns vorstellig werden. Allerdings nicht fünfmal am Tag und nach Belieben, sondern mit System. Damit auch wirklich nur wichtige Sachen an uns herangetragen werden, wird es so laufen: Alina tritt nur in Stiefeletten bekleidet vor uns hin. Einer von uns legt ihr eine stramme Busenkette an, und dann hat sie die Gelegenheit, ihr Anliegen vorzutragen, wobei sie je nach Stimmung dabei von uns genommen wird. Vielleicht setzen wir sie auch einfach auf den Sybian.

Natürlich können sich meine beiden Sklavinnen Kiara und Alina bei passenden Gelegenheiten auch immer direkt an mich wenden. Aber ganz typisch wäre zum Beispiel das eben von Kiara vorgetragene Anliegen an Michael: So etwas sollte in Zukunft von Alina kommen, und damit das wiederum nicht zu oft passiert, habe ich noch ein paar kleine Hürden eingebaut. Einverstanden?«

»Mark, ist das dein Ernst? Also wenn Kiara und Miriam für ihre Kinder demnächst einen Sandkasten benötigen, dann bekomme ich von dir eine Busenkette angelegt und muss mich dabei vor euch von der Sybian-Maschine durchficken lassen?«

»Alina! Bitte! Bleib sachlich! Wenn Kiara einen Sandkasten möchte, kann sie mich beim Frühstück darauf ansprechen, und dann hat sie vielleicht schon am Nachmittag einen. Oder wir kommen gemeinsam zum Ergebnis, unsere Söhne lieber irgendwo zusammen mit anderen Kindern spielen zu lassen. Zum Beispiel in deinem Viertel.

Es geht um wichtige Anliegen. Zum Beispiel, wenn wieder so etwas passiert, wie unlängst. Dann wäre es deine Aufgabe, dies uns unverzüglich vorzutragen.«

»Wo sich im Nachhinein herausgestellt hat, dass besser nicht.«

»Alina, für diese wirklich ungezogenen und in einer mir unbekannten Sprache formulierten Widerworte wäre jetzt eigentlich Kiara dran, und zwar ganz erheblich, denn kaltes Abduschen allein würde hier nicht reichen, wäre geradezu unangemessen. Aber ich kann nicht ständig Kiara für deine Frechheiten und deinen Ungehorsam bestrafen. Offenbar willst du nicht verstehen, wie die Sache laufen soll. Dann muss ich es dir eben vorführen. Komm bitte nachher in mein Arbeitszimmer, und dann spielen wir die Sache durch. Erzähle uns zum Beispiel, was Kiara unlängst auf der Straße in der Nähe ihres Friseurs passiert ist, und was du uns eigentlich schon damals hättest berichten müssen. Mal schauen, ob es dir gelingt, unsere Aufmerksamkeit zu erwecken. Ist denn wenigstens für euch beide jetzt alles klar?«

DIE MÄNNER UND IHR HAREM

Kiara und Miriam nickten stumm.

»Prima! Dann sind wir uns ja einig und der vergnügliche Teil des Abends kann endlich beginnen. Miriam komm bitte zu mir. Als Michaels Freund darf ich dich als seine Verlobte als Erster nehmen. Und Kiara und Alina, setzt euch dazu. Ihr kennt sie besser als ich. Achtet darauf, dass sie auch wirklich alles gibt. Und wehe, ich höre sie nicht richtig atmen und stöhnen. Komm Miriam, leg dich hierher und zeig mir deine Fotze. Noch ein bisschen mehr. Ja, so ist gut. Na die kleine Schlampe schreit doch schon danach, von mir jetzt ordentlich zugeritten zu werden.«

»Du Mark, ich glaube mir kommt da gerade noch eine bessere Idee. Wie wäre es, wenn wir unseren kleinen Harem erst einmal gemeinsam einreiten, so wegen Flüssigkeitsaustausch und so? Die hocken sich alle drei vor uns hin, dann schiebst du einer deinen Schwanz von hinten in die Fotze rein, und wenn du erst einmal von der genug hast, gehst du mit deinem schön angefeuchteten Ding in die nächste rein. Dann kriegt die auch was von der anderen mit. Und ich mache es genauso. Immer reihum, bis deren Fotzen alle gleich schön durchgemischt sind. Die wollen doch eine Einheit sein, dann sollten wir sie auch zu einer machen, oder?«

»Tolle Idee, Michael. Aber lass mal überlegen, wir können ja zu einer Zeit immer nur zwei bearbeiten. Was macht dann die Dritte? Wie wäre es so: Zwei hocken sich vor uns hin und strecken uns ihr Fötzchen entgegen. Die eine nimmst du, die andere ich. Vorne sind sie Schulter an Schulter und stützen sich mit den Armen auf. Die Dritte kniet sich davor und spielt ein bisschen an denen herum. Und dann stecken die sich alle gegenseitig die Zunge rein. Irgendwann wechselt die Sache, und eine von hinten rückt nach vorne und umgekehrt, bis wir sie alle ein paar Mal durchhaben. Wär' doch gelacht, wenn sich die nicht hinterher alle lieb haben. Immerhin vermengen wir ja deren Fotzen! Hält bestimmt mindestens so lange wie Blutsbrüderschaft, oder?«

»Mark, und wenn wir dann gekommen sind, soll die dritte bei den anderen alles wieder sauber lecken, was meinst du?«

»Michael, so machen wir es! Wir verheiraten die jetzt. Jede steckt nachher in jeder drin und wir natürlich auch.«

Mark beugte sich ein wenig zu der immer noch vor ihm liegenden Miriam vor und teilte ihre Schamlippen mit Mittel- und Zeigefinger.

»Michael hast du dir schon Gedanken über ihre Beringung gemacht?«

»Ehrlich gesagt, nein. Dazu wollte ich mich erst noch mit Alina besprechen.«

»Wie wär's, wenn wir allen Dreien genau hier einen goldenen Ring einsetzen, ähnlich einem Ehering. Natürlich auch mit einer Beschriftung auf der Innenseite. Oben unsere beiden Namen und unten die von unseren Sklavinnen, was meinst du?«

»Mmh schöne Idee. Gefällt mir! Dann kann ich meine Miriam auch mal daran anbinden. Oder alle untereinander.«

»Wir könnten das auf Joachims Sommerfest machen lassen. Erst vergnügen sich alle mit unseren drei Hübschen, und gegen Ende – als Höhepunkt sozusagen – kommt Kurt und legt ihnen die Ringe an. Wie in einer weiteren Hochzeitszeremonie. Bei Kiara und Alina sollte er allerdings lediglich die vorhandenen Piercings ersetzen. Dann sind die beiden wohl auch recht bald wieder einsetzbar.«

Alina meldete sich zu Wort.

»Mark, können Kiara und ich nicht noch zusätzlich einen eigenen bekommen, nur mit unseren beiden Namen drauf?«

Mark grinste.

»Aha! Also doch! Komm, zeig mir mal bei Miriam, wo du dir den Ring vorstellst.«

»Hier Mark, in der Kitzlervorhaut.«

»Alina, grundsätzlich habe ich nichts dagegen. Bestell doch bei Gelegenheit den Kurt hierher und dann besprecht das. Wann sollte das passieren?«

»Ja auch dann.«

»Auf Joachims Fest? Vor der ganzen Steinzeithorde, wie ihr euch auszudrücken pflegt?«

»Ja Mark. Alle sollen sehen, dass Kiara und ich zusammengehören. Für immer.«

Kiara schlang ihre Arme um sie und küsste sie zärtlich.

»Okay, verstehe. Ich verstehe dich sogar sehr gut. An dem Tag heiraten Kiara und ich, und du möchtest eure Zusammengehörigkeit dann ebenfalls öffentlich dokumentieren. Alina hast du dir das auch gut überlegt?«

»Wie meinst du das?«

»Nun, am Tag der Hochzeit wird Kiara ganz offiziell meine Ehesklavin. Sie gehört mir dann, und zwar bis dass der Tod uns scheidet. Sie unterwirft sich mir, dafür trage ich im Gegenzug aber auch die Verantwortung für sie, und die kann ich nicht mehr so eben mal kündigen, verstehst du das? Das sind zwei Seiten der gleichen Medaille.

Wenn du deine Verbundenheit mit Kiara anderen auf ähnliche Weise zeigen möchtest, dann erwarte ich, dass du dazu auch stehst, und nicht plötzlich irgendeinem Rock hinterherläufst, nur weil sich darunter hübschere Beine befinden. Versteh mich nicht falsch: Du darfst deine Affären haben, so wie ich sie mir ebenfalls zugestehe. Und auch für Kiara wird es keinen Anlass geben, anderen Männern oder Frauen nachzuschauen, weil sie die ja ohnehin alle bekommt, oder die sie, schließlich ist sie meine kleine Hure. Aber Alina, du wirst sie dann nicht mehr verlassen können. Eure Ringe verbinden euch für immer. Wenn du gehst, verletzt du sie und mich als ihren Ehemann kein bisschen weniger.

Klär bitte mit Kurt, ob das so geht, wie du dir das vorstellst. Ich möchte nichts, was bei euch mit größeren Risiken verbunden ist, oder was am Ende noch stört. Und dann erwarte ich von euch beiden spätestens eine Woche vor dem Fest eine ganz klare gegenseitige Zusage, wie bei einer Ehe. Vielleicht sollten wir dafür sogar einen Vertrag aufsetzen, mit mir als Notar, oder besser noch als Pate. Wenn ihr das beide wollt, dann habt ihr meinen Segen. Aber dann sollte bei euch das gleiche Maß an Verbindlichkeit gelten, wie bei meiner Verbindung mit Kiara. Alina, Kiara liebt dich. Tu ihr bitte nicht weh!

So, nun ist aber wirklich Schluss mit der ganzen Diskutiererei. Lasst uns nach nebenan auf die große Liege gehen, da haben wir es alle bequem. Und dann werden wir euch vereinigen, genau, wie ihr das wolltet.«

ÜBER DIE AUTORIN

Kiara Singer wurde 1978 in Bonn geboren. Seit 1997 lebt die freie Journalistin und Schriftstellerin in Frankfurt am Main.

KIARA SINGER